我是一个生在这个平凡世界上的平平凡凡的人，

那些过往的经历写成故事也没什么惊天动地的细节，

但把这些平凡的故事和时代联系在一起，

你才会觉得那些日子是不平凡的，

它像一杯浓烈而绵长的酒，

让你感到苦涩，

感到甘甜，

感到辛酸，

也能感到美好和幸福。

那些已经逝去的岁月，

那些已离开这个世界的纯朴又可敬可爱的亲人和朋友，

他们曲折的生活和精彩的人生故事总让我久久萦怀。

把这些远去的岁月和远去的故事写出来，

记下来，

我认为是我的责任和义务。

月是故乡明

赵汉山 ● 著

敦煌文艺出版社

图书在版编目（CIP）数据

月是故乡明 / 赵汉山著. -- 兰州：敦煌文艺出版社，2021.8（2024.1重印）
ISBN 978-7-5468-2070-5

Ⅰ. ①月… Ⅱ. ①赵… Ⅲ. ①散文集－中国－当代 Ⅳ. ①I267

中国版本图书馆CIP数据核字（2021）第175522号

月是故乡明

赵汉山 著

责任编辑：尚再宗
书名题字：赵振煜
装帧设计：王林强

敦煌文艺出版社出版、发行
本社地址：（730030）兰州市城关区曹家巷1号新闻出版大厦
本社邮箱：dunhuangwenyi1958@126.com
0931-8152371（编辑部）　　0931-8120135（发行部）

三河市嵩川印刷有限公司印刷
开本　787毫米×1092毫米　1/16　印张 9.5　插页 2　字数 100 千
2021 年 10 月第 1 版　2024 年 1 月第 2 次印刷

ISBN 978-7-5468-2070-5
定价：38.00 元

如发现印装质量问题，影响阅读，请与出版社联系调换。
本书所有内容经作者同意授权，并许可使用。
未经同意，不得以任何形式复制转载。

说在前面的话

　　二〇一九年八月由四川回到兰州，从忙碌的家务活中解脱出来，我忽然有了一种懒散的感觉。告别故乡甘肃环县，这几年在四川带孙子，整日价既忙碌又充实，但总有一种水土不服的感觉。四川雨很多，气候潮湿，夏天又特别闷热。越是不舒服，越是想起待在故乡西北高原那空旷澄澈而又山高路远的日子。忙上一天，晚上睡在床上，看着城市中林立的高楼和高楼中的点点灯光，我总是难以入睡，就把自己童年、少年和年轻时在老家的许多往事记起，常常从一件事想到一个人，从一个人想到一群人，从一群人想起走过的那些地方，那一方水土，还有那一个个梦一般的故事，想着想着，就有了把这些故事记录下来的意愿。但那时孙子小，我们老两口一时都不得清闲，到了晚上，筋疲力尽，哪还能写东西。

　　回兰州前，我们请了亲家老两口照应两个孙子，我和老伴轻松多了，但每每想起两个小可爱稚嫩的声音和活泼的身姿，就非常想念他们，对孙子的思念和对故土的眷恋搅和在一起，总让我有一种诉说的欲望，闲着也是闲着，把自己的这些过往和思想记录下来，我觉得也是一件有意义的事。

我是一个生在这个平凡世界上的平平凡凡的人，那些过往的经历写成故事也没什么惊天动地的细节，但把这些平凡的故事和时代联系在一起，你才会觉得那些日子是不平凡的，它像一杯浓烈而绵长的酒，让你感到苦涩，感到甘甜，感到辛酸，也能感到美好和幸福。那些已经逝去的岁月，那些已离开这个世界的纯朴又可敬可爱的亲人和朋友，他们曲折的生活和精彩的人生故事总让我久久萦怀，把这些远去的岁月和远去的故事写出来，记下来，我认为是我的责任和义务。

我写这些东西，既是用这些人和事鞭策激励自己，能使自己在晚年仍保持清醒的认识，有砥砺前行的意志，又能让我们的后代了解和知道几十年前那些艰难岁月的真实生活，我更想用这些文字告慰那些已经长眠地下的远去的灵魂。这些文章对于年轻一代也许没有多少吸引力，因为这些记录和描写是平凡的，平淡的，年轻人很多事情总让他们每天都在奋力奔波，他们也许一时无暇去读这些东西，但我深信，这些故事总会让他们喜欢的，今天不喜欢，明天可能会喜欢；年轻时不喜欢，上了年纪就会喜欢。我认为这些平凡的故事告诉读者哪怕是一丁点的东西，它也是有意义的。这里的很多人和这些人的酸甜苦辣，更使我们产生了很深的感悟！

目　录

梦中的羊群 …… 001

远去的锣鼓声 …… 009

梦里的姚前滩 …… 022

母亲与门前那一溜溜山 …… 037

思念在除夕 …… 048

中秋遐思 …… 057

人性的光芒 …… 064

一个梦的诉说 …… 071

恰同学少年 …… 081

一个学生的记忆 …… 089

五哥 …… 097

103……母亲的小箩筐

109……春节后的思考

113……骑着毛驴走环县

128……夏天与童年

附录：

133……和王世宏先生《环县老九的蹉跎岁月》

136……我心中的二毛路

139……对故土的深情凝望 / 张玉冰

146……散文的方向在这里 / 张海明

梦中的羊群

到四川三年,每当夜阑人静,我就坐在窗前,看着城市星星点点的灯火,思绪总在北方、在遥远的故乡。这时候我总喜欢听腾格尔的《天堂》这首歌:"蓝蓝的天空,清清的湖水,绿绿的草原,这是我的家。奔驰的骏马,洁白的羊群,还有你姑娘,这是我的家,我爱你,我的家,我的家,我的天堂……"那沙哑、苍凉而又辽远的声音,加上稚嫩的童声伴唱,总让我听得泪流满面。这首歌,仿佛就是唱给我的,它与我的内心产生了深深的共鸣。

我的家在环县西北部,这里是南下的泾河和北上的宁夏清水河的分水岭,上亿年的雨水冲刷,黄土高原早已被切割得千沟万壑,支离破碎,但我的家处于分水岭地带,相对低矮的山就像一个又一个小馒头,沟也不深,是小而浅的那种。唐、宋时期,这里是朝廷牧养军马的地方。为抵御北方外族侵扰,好几个朝代都在这里建有牧马场,当时较出名的有清平、灵武、万安三监,管理养马的地方叫养马监，大监养马万匹，中监养马六千，我的家乡万安城是中监。到了清朝，马政虽已衰落，但牧场仍在，草原仍在，老百姓放牧的习惯仍然保留。小时候我们生产队就有十几群羊，每群都有一二百只。三哥是生产队的放牧员，每逢寒暑假和星期天，生产队又给他安排其他活，我就成了临时放牧员。

我们村子坐落在一个较为平缓的小掌里，从家里出来，沿着村庄的崖头往上走，就到了整个村子的制高点。小时候赶着羊群，我就有强烈的登高望远的欲望，也不管羊儿吃不吃草，我和头羊达成默契，"急猴猴"率着羊群，一口气爬上山顶。这时候，羊也累了，我也累了，我会静静地仰躺在山顶上，任风从面颊、发梢上吹过，那种感觉，似乎是母亲那轻柔的手在抚摸着我，暖暖的、柔柔的，还有一丝丝香甜。羊倌躺下了，羊儿们也从爬山的紧张中缓过神来，散开去，在荡漾的草浪中享受着美食。告别了喧闹的村子，到了这个只有羊群和我的地方，我感到全世界都是那样的安静。山梁梁上茂密的草，在山风的推搡下如海浪翻滚；盛开的各色小花也不甘寂寞，争先恐后地展现着绚丽的风采；寂静中，只有蚂蚱和蛐蛐此起彼伏的叫声，听着这些，你不但不感到吵闹，内心反而增添了几分恬静和闲适。那时候我们那里只在平缓的掌地上种庄稼，从山脚到山顶全是牧场。躺在草丛中，看着蓝天上飘浮的朵朵白云，我的想象会插上飞翔的翅膀。每当下午太阳偏西，从云的背面会反衬出一幅幅美丽的图画，我会久久地看着变幻不停的云朵，真想去探访一下云朵背后的风景。云朵飘游着，我的思绪也飘游着，我把它想象成一个山口，山口后面射出了道道金光；我看它就是一座座冰山，绵延的冰山展现出高高低低的冰峰；我看它就是一块又一块棉田，无边无际，白浪滔天；我也把它想象成一群白色的绵羊，周围是一望无际的草场。我很想让云朵变幻出我的母校，可等了好多个早晨和黄昏，母校的倩影总未能出现。

几十年后，无论走到哪里，我总惦念着当羊倌儿时躺在山顶上的那些情景，惦念那赶着羊群在草场上奔跑的情景。这几年在南方，总盘算着若回到老家，就从村子的山路上爬上去，去看看曾经的牧场，看看饮羊的那个小水泉，看看漫山遍野的山草和野花。我特别思念羊群吃草过后在草地上留下的青草味和羊膻味的混合味道。可每次到家，总是在忙碌中度过，那诗一样的牧羊梦被一次次搁置。

去年端午节，我又回到老家。也正是仲夏时节，草长莺飞，和风徐徐，吃完早饭，陪着侄子把十几只羊赶出圈，我问他今天去哪里，他说去茌树掌。这正是我非常想去的地方。羊群在后面缓缓前进，我迫不及待地一口气爬上山顶，来不及远眺，赶紧躺倒在山顶上，想找到儿时的味道。也是万籁俱寂，也是微风拂面，但山峁已不是一望无际的草场，现在变成了一片又一片开垦后的庄稼地，天上虽飘着白云，但山梁已不是风吹草低见牛羊的往昔。顺着山梁往北走，穿过两个小崾崄，我一个人来到了茌树掌中梁。

茌树掌连着糜地渠，是三道梁加着两个掌，这里过去方圆十华里没有人烟，也没有开垦出一亩庄稼地，因为山草茂盛，又没种庄稼，我们总喜欢把羊群赶到这里放牧。有时候一下子聚六七群羊，绵羊一色白，山羊一色黑，仿佛是撒在山间的一盘盘围棋。我那时小，大人不放心，恰好同庄的表哥也有一群羊，我们就合群放牧。春天，天还冷着，山风总是把人吹得凉凉的。那时家里穷，我们买不起线衣线裤，就净身穿着棉袄棉裤，有时跑着挡羊，出一身汗，山风吹起来，掀起薄棉袄的后襟，一股冷风就从裤腰位置直吹到脖颈。为了取暖，我们就玩起了一种叫"打梭"的游戏。打梭的"梭"就是织布时穿梭的"梭"，打梭比赛相当于现在的棒球赛，可以单打，也可以双打，可以两个人玩，也可以四个人玩，但以两个人玩居多。"梭"是用烂布条裹着羊毛纳缀而成的一个小于拳头的圆球，比赛双方各执一棒，用木棒打来打去，球到哪一方落地，哪一方算输。打梭活动量大，在高低不平的草地上奔跑，不一会儿就浑身冒汗。

　　到了夏天，我们的玩法更多了，挖黄鼠，扳奶瓜瓜，抓子儿。最令人兴奋的是灌黄鼠，暴雨刚过，每个山坑里都蓄有洪水，我们提着水桶，满山遍野找黄鼠洞，一旦找到，一桶水灌下去，只听见洞里面咕咕咚咚地响着，黄鼠经不住水淹，一下子从洞口蹿出，表哥一动不动地守候在洞外面，眼疾手快，一下子就伸手抓住了黄鼠。可有一次，从洞中蹿出了一条蛇，幸亏表哥反应快，赶紧把手缩回，如果抓到蛇，肯定会被咬，后果不堪设想。打那以后，我不但不去灌黄鼠，也劝表哥别再灌了，太危险。

等到盛夏来临，山上的草大都长老了点，我们就用芦草根和麻绳交替编织成长长的响鞭，把丝秧（一种很有韧性的草）表皮剥去，把草芯的茎蔓编在响鞭的末梢，然后比赛甩响鞭，谁的响鞭声音响亮谁就优胜。我年龄小，甩鞭没力气，加上鞭梢的丝秧也总没表哥的长，因而总比不过表哥。表哥甩鞭时鼓起胸膛甩起臂膀，我看他好威风。最近从四川回到兰州，每天到南河道边锻炼，总看见有七八个人聚在一起赛响鞭，现在的响鞭改进了许多，除手柄是木制的外，它的中部由一个个小铁环构成，结实而又灵活。看着这些鞭哥赛鞭时的自信和惬意，我忽然想起清朝皇帝入主中原后那种志得意满的身姿，每次上朝，朝堂门口总有四个太监手执响鞭，当大臣们弯着腰鱼贯而入的时候，太监们的响鞭就在他们的发梢上炸响。甩响鞭本是游牧民族在空旷的草原上用来惊吓野兽和排遣寂寞的一种娱乐，而清朝统治者却把这种落后而蛮横的东西引入朝堂，有些不伦不类。二百多年的时间，统治者把这种落后而可笑的东西在中原大地上强力推行，甩响鞭、留长辫、穿马褂、戴红顶，时间长了，人们也习惯了，甚至鼓噪着要把这些作为国粹传承。响鞭这种项目在南方可能因地盘局促而无法进行活动，在北方的宽阔地带，也不失为一种好的娱乐项目，但在几米宽的人行道上展开，使很多路人侧目和躲闪，就有点不合时宜。

我一边想着心事，一边在山路上走，顺着苲树掌中梁一路下去，看见了很多小时候玩过的痕迹，在一个山畔边的水坑里面，我看到了当年挖的小窑洞，窑洞上面刻下的"向阳村"几个字还依稀可辨。再往前走就到了淹死人坑，就在我刚上学的那几年，这个水坑里曾跳下去一个牧羊的花季少女，和我一起牧羊的表哥就是见证人。他说当时他的羊群在糜地渠，离这水坑也不过几百米，当对面山上有人呼喊的时候，他飞跑到水坑前，可这时少女已经漂在水面。表哥惋惜地说，那是一个善良而美丽的姑娘。表哥总不说这个女子寻短见的原因，后来听说这女子民歌也唱得特别好，我猜想她一定是感情上出了问题，那时我的家乡因为包办婚姻不知制造了多少人间悲剧。再往前走就到了"鬼庄"。鬼庄是同治年间的一个旧庄院，院子很大，两头是一丈高的马头墙，四周是两米高的包庄堡子那种庄基，正面有七孔窑洞，两边散落着很多瓦砾，可能是房子的遗迹。兵乱前这里什么人居住？这一家人去向何方？兵乱后总未见回来，估计这一家人早就在兵乱中遭难。因为那场浩劫，甘陕两省住在这里的人十有八九都被杀了，这家人也许未能幸免。兵乱前的故事因原住人口消失已不可考证，但兵乱后发生在"鬼庄"的故事却在当地一直流传。说是兵乱后的若干年，有个后生从陕西领回一个年轻漂亮的媳妇，看鬼庄无人居住，小两口就在这里定居下来，然后在庄子周围开垦出良田和菜地，小日子过得还好。可有一天这个男人外出办事，当他晚上回来时，小媳妇已倒在血泊之中，浑身被脱得精光。很明显，这是歹人趁小伙不在，欲施奸淫而小媳妇不从，就强奸杀人，然后逃之夭夭。年轻汉子含泪把小媳妇擦洗干净，静静地陪了媳妇三天，第四天来到我们村子报丧，希望老乡能帮他掩埋媳妇尸体，可当乡亲们来到茌树掌时，只见年轻汉子已为自己和媳妇挖好墓坑，抱着媳妇自杀在墓坑之中，从此鬼庄这个地方再也无人敢去居住。那个兵荒马乱的年代，人的命运是何等悲惨。表哥还说，在一个夕阳西下的黄昏，他在茌树掌的上梁上，看见鬼庄里走出一个年轻女子，红棉袄，绿裤子，那女子还冲他笑，我追问表哥是否真有其事，他也只是笑。这个鬼庄的故事在我童年的梦中缠绕，让我想起来就毛骨悚然。

坐在茌树掌和糜地渠中间的山梁上，我又看到了儿时看见过的山山峁峁，沟沟岔岔，我甚至记起了赶羊下沟喝水走过的那条又陡又窄的路，还有路边那些结着繁密果实的马茹子，我也记起了茌树掌沟底那汪汩汩流淌的清泉。夏天，我们几乎每天都到这里饮羊。吃草后焦渴万分的羊群，看见清泉老远就奔跑起来，当它们美美喝上一肚子水的时候，会扎堆在沟崖挡住太阳的阴凉处乘凉，我也在阴凉的地方枕着羊鞭睡觉，有时一觉醒来，羊儿早已上了沟台，向回家的路上去了，我会感到很害怕，赶紧爬起来追上去。放羊时间长了，羊也和伙伴一样，见不到羊，我的心里就空落落的。

一眨眼，半个世纪过去了，现在回到儿时牧羊的地方，只见大部分牧场已垦为良田，野外的羊群和牧羊人已经很少见了，茌树掌、糜地渠的上掌下掌都已有人居住。天上仍飘着朵朵白云，空气中仍散发着阵阵草香，蚂蚱、蛐蛐仍在一个劲儿地叫着，它

们是否知道，一个五十多年前的故友，今天又回来看它们了。虫子就这样从早叫到晚，从春叫到夏，一天又一天，一年又一年，它们也许奇怪，无情的岁月怎么将一个人从稚童一下子变成了苍苍老者。

看着这一切，我想起了儿时的很多同伴，很多亲人，他们有的已离开了这个世界，有的虽然活着，但都已经两鬓染霜，满脸沧桑。我忽然感到嘴巴咸咸的，原来泪水早已流过面颊，流入口中。我品不出这泪水是苦涩还是甜蜜，年轻时的记忆，总让我对故乡有一种生死相依的深情。我决计要回来，回到这魂牵梦绕的家园，要让有生之年的自己，常能沐浴这太平盛世的缕缕阳光，常能呼吸到家乡的泥土气息，我要在故乡的山水陪伴中慢慢走向人生的尽头。

二〇一九年十月十二日于兰州

远去的锣鼓声

今年夏天,回到阔别三年多的环县。每天早早起床,洗把脸,就急切地走向环江边。夏日的环江,经过一个冬春的蛰伏,像个刚睡醒的孩子,欢笑着、跳跃着奔向远方。河水在朝阳的照射下,披着一身粼光,早练的人们也是一脸阳光。走在江边上,天空是那样的湛蓝而高远,晨风是那样的轻柔而多情。在多雨的南方,早晨总是云遮雾障,你很少能见到这么清爽而辽远的蓝天。能看出,晨练的人们正散发着一种清新、活泼和奋发的气息。这气息透过大家的笑脸,透过笑脸上热气腾腾的汗水,表露出一种满满的幸福感。这一切,让我这个游子也沉浸在这令人欣喜的繁华中。迎着一个个熟悉的面孔,我时而挥手招呼,时而握手叙旧,时而惊喜相拥,愉悦的心情让人陶醉。和异乡的晨练比,这里多了很多温馨和生动。

正走着,忽然迎面来了一个熟悉的面孔,我急忙走上前去,对方也认出了我,两双久违的手紧紧握到了一起。对方虽已白发苍苍，可那满是皱纹的脸仍保留着几十年前的轮廓。打从一九七六年正月离开万安，这个曾经一起度过很多寒暑，一起经历了很多欢乐的表侄已四十多年跟我没见面了。算起来他如今也已年过七十，当年那个年轻帅气的小伙子已容颜尽改。可你细看，那眉宇间的英气还在，深藏在我心中那个干练、聪明又多才多艺的人的气质还在。握手两三分钟后，我们急忙在附近找了一个长条椅子，他掏出一包十五元钱的兰州烟来，我尽管很少抽烟，但还是点燃了一支。

这个表侄叫苏志荣，家在离我家四华里的校场滩。校场滩是古城万安的组成部分，古时凡有驻军的地方就有校场，校场实际是操练军队的地方。现在万安古城和校场滩已被一条沟隔开，可在一千多年前，这河沟还在离我们很远的下川里，那时校场滩和万安城是连在一起的。

唐宋以来，万安城一带一直是朝廷牧养军马的地方。为抵御北方外族侵犯，唐朝以后的多个朝代在甘肃（包括青海宁夏）东部建有好几个养马监。到明朝中叶杨一清主政西北军务时，万安监得到一次扩建和重修，至今保存比较完整。经过千年的雨水冲刷，如今的万安城被沟壑切割成三块：万安古城垣，东边的砖金堡，西北边的校场滩。

二十世纪七十年代初，苏志荣二十岁出头，高个头，人长得很帅。第一次见他，他正在用板胡拉奏一首秦腔牌子曲，那时而激越、时而舒缓、时而暴雨倾盆、时而玉珠落盘、时而高山流水、时而忧伤委婉的演奏，把我一下子就听懵了，当时就想，这是我们大队的人吗？因为我当时也拉二胡，也学拉一些独奏曲，可听到他的演奏，真的惊为天人，他的秦腔牌子曲听起来犹如天籁。

一九七一年秋，万安大队响应毛主席农业学大寨号召，也向山西省昔阳县大寨大队一样，组建了自己的农田基本建设专业队，简称"基建队"。从全大队四个生产队抽出三十多个精壮劳力，首先在我们赵掌生产队老坟湾口打坝平地。两个月后，上面提倡大干快上，大队党支部决定在大队部下面的河沟里筑一座较大的拦洪坝，既蓄水浇地，又筑坝淤地。县水利局派来了技术员，对坝体基础进行了勘测设计，然后就由基建队开始施工。当时大队领导要求基建队按照毛主席倡导的既是工作队又是宣传队的精神组建，故而从各生产队抽调来的队员很多都是文艺宣传骨干，我当时正在赵掌三年制小学当教师，由于学生时期曾是阳明庄中学的文艺爱好者，因此大队领导要求我白天教学，晚上也参与基建队的文艺节目编排，我正是这时候认识了苏志荣。苏志荣长我七岁，待人诚恳、热情，我俩一个拉板胡，一个拉二胡，共同的爱好很快让我们成了朋友，从此经常一起切磋，一起演奏。他的帮助让我在二胡拉奏技巧上有了很大提高，我喜欢他，感激他。一九七六春，我参加工作去了车道公社，以后又调县城工作，从此再没能见面，这次偶然相遇，我俩都非常高兴，分别讲述了自己这几十年的经历，又说起了过去一块劳动，一块排练节目的那些朋友和乡亲。一九七六年离开万安,一九八三年又把家搬到县城,回老家的机会少了,对村子里的老乡记忆也越来越模糊,经苏志荣讲述,我听到了很多同伴不为人知的曲折故事,整整两个早晨我们就坐在环江边上,回忆着过去,也勾起了我对往昔的深深怀念。我忽然就想起了那个年代自己的一些过往。一九七一年二月,我刚好十六岁,当上了社请教师,那时很有信心,既教孩子们文化课,也教他们唱歌跳舞。因当时万安大队辖区内就这一所学校,大队党支部副书记甄怀明要求我在国庆节召开的群众会后演几个小节目,我欣然接受。到了国庆节全大队社员大会一结束,我们学校这台节目立即开演,这场表演,在我们那个落后封闭的小山村里引起了轰动,大队领导当即拍板,要我为大队基建队做好节目编排。从此我就特别留心节目的选题和编排。记得那年秋天的一个傍晚,学生放学了,批改完作业,我一个人坐在学校院子里用全生产队唯一的收音机收听节目,忽然,中央人民广播电台开始播放五首陕北民歌。因"文革"中一直流行的都是毛主席语录和诗词,很少听到民歌类歌曲,中央人民广播电台忽然播放优美动听的陕北民歌如《山丹丹开花红艳艳》《咱们的领袖毛泽东》《翻身道情》《军民大生产》《工农齐武装》,我被震撼了,被这悠扬婉转的歌声感动着,听了一遍又一遍,整整听了一晚上。那时,如果中央人民广播电台播送什么歌曲,第二天的《人民日报》和各省的党报都会及时刊发,我焦急地等待着第二天《人民日报》的到来。过了四五天,《人民日报》来了,报上整版刊登着这五首民歌的词曲，我高兴极了，花了五六天时间学唱，并把《山丹丹开花红艳艳》和《军民大生产》编成舞蹈。

现在想来，那个火热的年代，人们尽管饿着肚子，穿着烂皮袄，可大家的精神很充实。当时基建队的大灶主要吃的是土豆，只有少量黄米，加上那两年大旱，一九七二年冬到一九七三年春，陕北和陇东一带饥荒已非常严重。多亏了周恩来总理的延安之行，了解到了这里的实际情况，将近一年时间，我们每月都赶着毛驴去粮站驮回销粮，回销粮也就是红薯片和玉米，回销粮不够吃，社员们就在生产队土豆地里寻找遗留的土豆，在糜子地和荞麦地里挖老鼠积攒的过冬口粮。那时社员们常常整天都在饥饿中度过，真的整日价就愁吃的。也许是年轻，基建队的队员和公社抽调来万安修水库的民工每顿饭吃一个红薯黑面窝头，喝一碗南瓜汤，但他们还经常相约在一起打篮球友谊赛。基建队的队员更苦，白天劳动，晚上还要在寒冷的会议室排节目，第二天早晨又要起床去工地。为宣传全国农业学大寨会议精神，我们编排了很多学大寨方面的节目：有独唱、合唱、小剧、快板、三句半，并把《山丹丹开花红艳艳》和《军民大生产》两个舞蹈搬上舞台。一九七二年国庆节，我们给全大队社员和万安水库的民工献上了一台异彩纷呈的文艺节目，演出很成功，因为有全公社的民工口口相传，万安大队基建队的演出在全公社都传为佳话，很多大队也相继成立了自己的基建队和文艺宣传队。演出结束后，已是大队党支部书记的甄怀明立即召开演出人员座谈会，提出一个大胆设想，希望基建队更加努力，短时间排练两个革命样板戏，迎接全公社在万安召开的农业学大寨现场会。大家纷纷向党支部表态，说要坚决完成任务。最后决定先排练《智取威虎山》和《红灯记》。当然，基建队员们也愿意排戏，因为这样可以减少在工地的劳动时间。每天晚上，队员们吃一点红薯黄米饭，再从家里背一点煮熟的土豆，就开始了半夜半夜的节目排练。

从一九七二年冬到一九七三年春，那些个寒冷的冬夜，我们这二十个人就聚在大队那有个小舞台的窑洞里背台词、学唱腔、配乐器、练动作，忙得不亦乐乎。饥饿和寒冷时时袭来，可为万安人争光的信念在每一个人的心头环绕，大家咬紧牙关，克服困难，心里也不觉得苦。排练场面热火朝天：干鼓声、锣声、笛子声、二胡声、板胡声和演员练唱的声音，在寒冷的冬夜里回荡在大湾这个小山村的上空。

要排节目，学样板戏，就得背台词、背唱词，可我们那些演员普遍文化底子薄，有的甚至一个字都不认识，为了按时完成排练任务，几个月时间，这里实际上成了一个扫盲速成班，有的学认字，有的学唱腔，有的学乐器，那种积极向上，争先恐后的氛围，让大家实实在在得到了提高。困了，就用皮袄裹着，靠在冰冷的墙角打个盹；饿了，吃一点冻得硬邦邦的冷洋芋；需要出场，立刻擦一把眼睛，迅速进入角色。有一次，扮演座山雕的演员正在睡梦中，到他出场了，本来应该坐在那个有虎皮的太师椅上面去，可他以为排练到了向解放军投降那一场，就高高举起双手，做投降状，惹得在场的人哈哈大笑，睡眼惺忪的他还不知道大家在笑什么。

当然，节目的排练过程，也是一个筛选和发现人才的过程。我非常吃惊，在基建队这个小集体中，还真的有很多人才。有演员，有演奏员，有正面角色，也有反面角色。他们都能把扮演的角色表演得惟妙惟肖。记得排练《智取威虎山》时，很长时间找不到人演栾平这个角色。有一天，忽然一个新队员报到，我们一看，哎！栾平不是在这里吗？他一上场，果然非常形象。后来排练《沙家浜》，他又演刁小山，演得很成功。《智取威虎山》中扮座山雕的演员，演《红灯记》时就扮鸠山，也非常适当。慢慢的，台柱子出来了，《智取威虎山》中的杨志荣、少剑波、座山雕、白茹、小常宝，《红灯记》中的李玉和、李奶奶、铁梅、鸠山、王连举，《沙家浜》中的郭建光、沙奶奶、阿庆嫂、胡传魁、刁德一、刁小山都选出来了，其他配角的选拔就容易多了。

坐在河边，我首先想起了杨志荣、李玉和的扮演者刘发和。刘发和我称他表兄，家在万安城南边的郑台上。他长我七岁，如果活到今天，已经七十一岁了，那时我十七岁，他二十四岁，高高的个头，瘦瘦的，干练而又精明，为人正直，从来都是快人快语，心里咋想，嘴里肯定咋说。他只读了三年书，识字不多，但很虚心，很勤奋，喜欢向别人求教。记得演杨志荣时，因为知道我读过《林海雪原》这本小说，他为了很好地掌握角色，就让我讲述《林海雪原》中关于杨志荣的一些描写，后来不知他从哪里索性找了本《林海雪原》，认真地读着。《智取威虎山》实际上是根据《林海雪原》中的部分章节进行再创作写出来的，人物形象没有拘泥于原小说的描写，小说中少剑波是中心人物，而《智取威虎山》中杨志荣则是众多英雄人物的中心，了解了这些，才能准确把握角色。刘发和因为熟知这一点，他把杨志荣演得正义凛然，高大英武。为了演好杨志荣，他不放过万安、杨掌甚至魏洼的每一场电影，因为那时凡放映电影，必有那几个样板戏，京剧中杨志荣的一招一式都深深刻在了他的心中。演《智取威虎山》中打虎上山那场戏时，为了很好地表现杨志荣穿林海、跨雪原、气冲霄汉那种豪情万丈的英雄气概，发和反复对骑马、下马、拔枪、射击等动作进行琢磨，正是他的反复体会和练习，使他在第一次演出就大获成功，博得阵阵掌声。演出总结会上，党支部书记甄怀明多次表扬他，我们听了也非常高兴。那时他虽然个头高，可身体很单薄，经常咳嗽，一场打虎上山的戏演下来，总看到他喘得厉害，脸色蜡黄。我们都劝他把动作精减一下，幅度放小一点，这样也许省点力气，他嘴里答应，可一上场就激情飞扬，把每一个动作都做得很到位，我们一边高兴他把戏演得好，一边又特别担心他的身体。发和表兄为人善良，乐于帮助别人。那时，大家都穷，他有一款绵羊皮袄，到特别寒冷的夜晚，看见谁穿得单薄，总是把他的皮袄递过去，宁可自己冻着。

我还想起了另一个主角，少剑波和郭建光的扮演者党志平。党志平也是我的表兄，他是我们大队老书记的儿子，也是一名共产党员，是当时车道公社最优秀、医术最好的赤脚医生。他为人勤奋、厚道，也很沉稳。很多年后，我在环县另一个乡担任党委书记的时候，记得万安村原党支部书记因年龄大要退下来，车道乡党委书记张世权和我说起万安支部书记人选时，我仍认为党志平才是最适合的，可那时他的赤脚医生岗位离不开人，他在我们周围几十里内医术无人能比，不但车道的病人找他，就连周围的演武乡、何坪乡，镇原县殷家城，宁夏彭阳县的王洼镇、草庙乡的人都来找他看病，因为这点，乡上才没有让他挑起党支部书记这副重担。党志平实际上是我们这个演出团体的主心骨，每次决定排一本新戏，我们总是让他考虑角色的安排，他心细，对每一个人的特点和特长都了如指掌，他的安排，我们总觉得非常恰当。现在想想，当时如果没有党志平，这个团体会有很多矛盾无法解决。他公正，总拣重担挑，他总说："我在保健站上班，没有大家在工地上辛苦，我不挑重担谁挑？"这句话，让大家的心里暖暖的。他说到做到，凡是他接手的角色，总能演得非常出色。

我们这个团体中还有一个主要人物是常克剑，他是"文革"前虎洞中学的毕业生，在我们中间最有文化。每接一个剧本，剧情的讲解非他莫属，他总能从剧本的时代背景、主要情节入手，把每个角色都讲深讲透。通过他的讲解，全部演职人员能迅速掌握剧本，了解剧情，吃透人物。现在想来，常克剑当时在我们那个团体中也是个了不起的人物。他主要分管乐队，他能吹笛子、拉二胡，甚至能敲干鼓，总之他是个多面手，哪里需要就到哪里

去，到哪里都是一把好手，我特佩服他。

在众多女演员中，最优秀的要数胡月琴。一九七二年她只有十五岁，虽然年龄小，可聪明、颖慧，性格开朗，整天乐呵呵的，笑声不断，但毕竟是个孩子，也爱哭，不顺心了就哭，可你一逗，她又破涕为笑。她在《智取威虎山》中饰小常宝，在《红灯记》中饰铁梅。她只上过一年学，识字不多，但她好学、勤奋。由于识字少，她总不能顺利地读和背诵台词，有时急得掉眼泪。可是她很活泼，大家都愿意帮助她，她也整天拿着个本本，走到哪里，问到哪里，学到哪里。虽然年龄小，可悟性好，对角色能很好地把握。她还喜欢唱歌，歌喉也不错，每次演出间隙，她总为观众献上一首《山丹丹开花红艳艳》，总能博得阵阵喝彩。

从一九七二年到一九七四年，我们先后排演了《智取威虎山》《红灯记》《沙家浜》《海港》这四部戏，我们不但在万安演，还应邀去杨掌林场、杨掌大队、朱吊渠大队演戏，一九七五年车道公社样板戏会演，万安大队拿了一等奖。

坐在河边，我和表侄苏志荣说了很多过去的事情，想起往昔那些艰难而又快乐的岁月，我们都感到人的一生太短，你还没缓过神来，就已经白发苍苍，进入暮年。

发和表兄早早就去世了。记得二十世纪七十年代末，我在车道公社工作，有一次回万安去，到大队卫生所给孩子取药，在党志平的诊所遇到了他，他也在这里取药，这时他的肺病已经很严重了，志平偷偷告诉我，发和的病已没法看了，我心里特难受。

他脸色蜡黄，人很瘦，身子都佝偻着，见到我，他显得很高兴，但眼神中已明显流露出忧伤和痛苦。我们回忆着过去那些敲锣打鼓的日子，勉强说笑着，坐了一个小时，我要走了，他明显不舍，可我那时很忙，请了两天假，孩子小，家里还有很多活，我一再说，下次回来到郑台上看他去，他说，不知还有没有这一天，眼里满是泪花，我和志平听了这话都黯然伤神，强忍住了泪水，我又坐了一会儿就走了。过了不到一年，我已调到县城工作，忽然听到发和去世的消息，知道迟早有这一天，可这消息仍让我泪流满面，百感交集。发和的影子，特别是他在打虎上山那场戏中展现出的勇敢、机智、果断、矫健的身姿让我久久不能忘却。我怎么也不能相信，几年前那个曾经激情飞扬的人会突然离我们而去，好几天，我的心情都非常沉重。发和去世时才三十岁，太年轻了，当时正值包产到户，分田单干，他那一双儿女还很小，不知道这两个孩子是怎样度过那没有爸爸的童年的，也不知道表嫂在非常艰难的情况下怎样把两个娃娃拉扯成人的，想到这里我就不由得流泪。

党志平医生也已去世好几年了。他医术好，人厚道，是我们那地方远近闻名的好人。五十多岁了，如果谁家孩子或老年人有病，不能来诊所就诊，他二话不说，就背着出诊包上门去看，这几十年来，他不知看了多少病人，挽救了多少生命。可是二〇一五年，因为家庭琐事，突然走上了不归路，我那时正好在县城，听到这一消息，不啻一声惊雷，我真为车道人失去了一位好医生，万安人失去了一位好乡亲，同龄人失去了一位好伙伴感到痛心。他是那么厚道，那么心胸开阔的一个人，怎么就想不开呢？人的一生太难过了。又大约过了一年，忽然听到他的爱人因不堪思念的折磨，也追他而去了，我的心都碎了。人都说，好人有好报，可志平夫妇的结局为什么就如此悲惨。

还有胡月琴，她一九五七年出生，一九七七年去世，走的时候刚好二十岁。那样一个活泼可爱的姑娘，一夜之间就香销魂散，想起来让人感到特惋惜。那时她们家的日子还算可以，她又是几辈人的掌上明珠，当时生产队长期派她在基建队做工，正值冬季农田建设的高潮期，她请了几天病假，可谁知就在这个假期里，她竟然果决地走向了另一个世界，正是青春飞扬的样子，正是人生最好的年龄，她毅然离开了这个世界，这一切究竟为什么？

一转眼几十年过去了，我们怀念那激情燃烧的岁月，怀念那虽然很苦，但总能苦中求乐的日子，在这曲曲折折的人生路上，我们迟早都会离开这个让你魂牵梦绕的世界，但有的人走得实在太早了，让我们无法提防，让我们措手不及。这天夜里，我仰望星空，几颗流星正划破夜空，飞速滑向天际，带着闪电一样的光芒。早早告别我们的那些优秀而善良的人，生命虽短，但仍然光芒四射。

这几年，改革开放已结出了丰硕的果实，广大农村农民的光景也越来越好，但在这走向小康的日子里，广大农民的养老问题、看病问题、教育问题、发展问题仍是中央和地方政府关注的焦点，我衷心希望广大农村能越来越繁荣，广大农民能越来越幸福。

半个世纪过去了，我总想起万安大队那个演出团队的点点滴滴，当年的锣鼓声总在我耳边回响。前天和一个孙子闲聊，说起了他在万安小学上学的事，他说过去你们排戏的那个有舞台的窑洞早已废弃，窑洞的门被崖面崩塌的土掩埋得剩下一个小洞洞，孩子们都不敢进去，只有胆大的孩子偶尔爬在那个洞口向里张望。他还听同学说，每到晚上，那个窑洞里面总能听到敲锣打鼓唱戏的声音。我想，远去的岁月被罩上了一层神秘面纱，但那些远去的生活在我们这群过来人心中，仍旧是一幅幅鲜活的图画。这也许就是历史，这也许就叫文化吧！把这些生活和过往写出来，留下来，也是对那个时代的记忆。我怀念那些记忆中的人，也怀念那些远去的锣鼓声。

二〇一九年十二月三十一日于兰州

梦里的姚前滩

大疫刚过,二〇二〇年的清明节在寒气未散去的时候如约而至,从兰州一路走来,我决计要利用这次回家上坟的机会,再去一次总在梦中萦绕的姚前滩——我的外婆家。

早上八点,我和表弟从车道镇所在地苦水掌出发,爬坡上山,很快就到了镇政府对面的山梁上。这山梁是苦水掌和双庙两个村子的分水岭,虽是两村之间,可绵延几十里山岭,你会联想起中蒙边境的情景,这里仍保存着陇东已很少见到的广袤草原,冬天的寒气虽未完全消退,但春天的暖意已在这千山万壑中款款而来,空气中飘着淡淡的、湿漉漉的草香。太阳在一层薄薄的水雾中渐渐升起,露出在春天特有的懒散和温润,慢吞吞地把那层光晕从烧房梁的梁头上铺染开来,用人步行都能跟得上的速度向川底下扩张。静静的山岭上,似乎能听得到草长的声音,各种鸟雀的喳喳鸣叫,拖拽住了我们前进的脚步,索性把车子停下来,我和表弟爬到山的最高处。时间静静地流淌,晨雾渐渐聚起,变成了白白的云状的带子，在万千个山头上缭绕，阳光越来越强，向西望去，山的轮廓渐次明晰，已能从几里远看到几十里，上百里，这也是我少年时赶着羊群经常眺望的那些遥远而熟悉的地方，我和表弟并排站着，用手在眉宇间搭起凉棚，把目光投向更远，我看清了那一道道山梁夹着的一道道川，每一道山梁下面的川里都浮现着我年少时的很多记忆，由近及远，我看到了谢干掌、三角城、孤洞沟、宁夏彭阳县的王洼，甚至能看到百里开外的固原的黄峁山，遥远的六盘山顶峰的剪影也若隐若现。

久久的眺望后，我们又开车向前走。太阳已升得老高，打开车窗，微风中已能感受到春的温热。车子徐徐前行，车前奔走的山鸡、野鸡、野兔越来越多，山鸡是褐色的，野鸡是多彩的，野兔是纯白的，各色小家伙在染着嫩黄和翠绿的草丛和树林间奔跑，这让我在城里家中宅了几个月的郁闷瞬间消散。索性摘掉口罩，我大口大口呼吸着这春的气息，大山里的空气有着甜甜的草香和丝丝凉爽，你会感到胸腔中一下子特别通畅。

已四十年没去外婆家了。我和表弟边走边谈，过了烧房梁，从乔渠壕一路下去，不知不觉就到了一个岔路口，从这个岔路口向左拐，翻过一个小小的崾崄，那个总让我魂牵梦绕的地方就在眼前铺展开来。我俩坐在外婆家对面的山头上，我赶快拿出手机，真想把这里的一山一水、一草一木都摄入收藏。我边拍照边数着，姚前滩、李家洼、小掌子、井儿岔、暗庄子，我还看见了短咀咀、长咀咀、中梁渠、塌庄子、凉圈子、洋烟台台，每一个地方和地名都有着不同的经历和故事。小时候那些记忆让我有了一种特别想哭的感觉,细细算来,外婆去世已经六十年,外爷去世已五十年,母亲离开这个世界也已四十三年了,还有舅舅、舅妈都已经告别了这个世界,我忽然想起唐初诗人陈子昂的《登幽州台歌》:前不见古人,后不见来者,念天地之悠悠,独怆然而涕下!陈子昂是四川遂宁射洪(梓州)人,这几年在遂宁带孙子,正好去了一趟陈子昂的故里,看了他的故居和读书台,因而对这首诗感悟颇深。此时此刻,面对外婆的姚前滩,我顿时百感交集,悲从中来,特别是经历了今春的大疫,我的内心好像明白了很多,也脆弱了很多,许多几十年前的过往,在心中如浪汹涌。

父亲在我不到一岁的时候就去世了,小时候的我,总在母亲的身后如影随形,寸步不离。那时我们家的日子特别艰辛,在经年累月的忙碌和操劳中,母亲的身子骨多病而单薄。每隔半年,母亲总要去一趟外婆家,一来是看看外婆和外爷,二来也能让她那极度疲惫的身心稍事休息。外婆家之行,当然也是我的最爱,我未上学之前,去外婆家是视农活忙闲而定,我上了学,去外婆家就只能在我的寒暑假。

去之前,母亲总有好几天的忙碌。那时我们还和三哥三嫂以及他们的几个孩子一起生活。母亲行前必须把推磨、碾米这些行当干完,三嫂孩子多,每天还要在生产队上工,因而准备好我们走后全家人的吃喝是母亲的工作。老人家提前好几天就忙里忙外,等到走的那天,他给三嫂说这说那,把该交代的都要交代清楚,三嫂的个性温顺而又平和，母亲每说一句，三嫂就应一句，她们婆媳的交流是那样的和谐而平静。说起家中的每一件事，他们都能想到一块，一切问题的处理都顺理成章。在几天的准备和母亲时不时的叮咛中，我们去外婆家的前奏也接近尾声，母亲明显轻松了下来，她边干活边用大襟袄袄的下沿擦试手掌的时候，总是面带微笑，眉宇间流露出少有的欣慰和喜悦。

早晨起来，太阳已把对面燕窝台顶端照得红红的，阳光漫过马鞍渠崾岘，漫下燕窝台的梯田，把柳树壕壕那个旧庄院照得明亮了许多。这时候我的任务就是喂饱家中唯一的坐骑，那头浅灰色的毛驴。灰驴不明白，今天早晨的草料怎么会多了一碗绿色的豌豆，它一嗅见豆子的香味，就把那漂亮的头深埋在槽中，为了感谢主人对它的优待，灰驴会时不时地调整着吃草料的姿势，四只蹄子不停地弹来弹去，吃到高兴处，扬起头，打两个响鼻。我这时唯一的希望，就是灰驴吃草的速度能够更快一点，可你越是着急，灰驴越是慢条斯理，它哪里知道一个要逛外婆家的娃娃的急切心情，我就多次奔走在驴槽和母亲做饭的锅台间，这时候母亲格外和气，看着我跑来跑去的高兴劲，会轻轻用手拍一下我的后脑勺，告诉我不要太着急。这顿饭吃的是什么，我无论如何都记不起来了，因为去外婆家的喜悦已占领了我的所有心思，这时脑子中已是和表兄表弟玩耍时将会发生的各种情景来回闪现，其他的事就很少去想了。

终于出发了，母亲踩着鞍凳骑到了灰驴的背上，灰驴知趣而平和地站在槽前，我先爬上驴槽，然后在母亲温热的手的拖拽中也骑到驴背上，在母亲的身后用手紧紧抓住她的衣服，三嫂解开驴缰绳，一直牵出大门，然后把缰绳递给母亲，母亲一边叮咛事情，一边吆喝一声，灰驴就开始前行。走下门前的土巷子，顺着川里那条水冲得坑坑洼洼的路就上了老坟湾。过了白路崾岘，母亲还在惦记着家里没有干完的活，念叨着喂了鸡没喂狗的遗憾。但当我们过了甄崾岘，走上马尾沟，来到兔儿堖那条能跑汽车的大路时，我们娘俩的心情都会豁然开朗。兔儿堖的路平缓而宽阔，灰驴走到这里，步子似乎舒缓而有节奏，蹄声嘚嘚，响鼻嗤嗤，我高兴地缓缓精神，开始留意一路的风景。林建二师从一九六六年开始，在环县西南部和镇原县的西北部连片栽植了几百平方千米的杏树林，现在这些杏林已初具规模，从杨掌开始，经过杨上掌，杨崾岘，一直到朱吊渠，一望无际，漫山遍野的杏树，杏花在这春风荡漾的季节里竞相开放，抬眼望去，高高低低的山洼里一片粉白。杏树林下面和路边上，翠绿的冰草铺天盖地，这时到处都能看到农人们在田里耕种的身影，露珠挂在草尖尖上，在阳光的照射下一闪一闪的。我骑在驴背上，高兴地哼起《草原上升起不落的太阳》。中午十二点，我们离开大路，从朱吊渠庄子上面的山洼爬上山去，半山腰有一个小小的庙宇，庙宇门前插的那杆旗迎风猎猎，我溜下驴背，手里牵着驴缰绳，因为上坡的路太陡，我和毛驴都走得气喘吁吁。到了山顶，外婆的家，那个叫姚前滩的地方会全景式地呈现在我们眼前。这时母亲会从驴背上下来，她让我把驴缰绳盘起来，灰驴知趣地在山梁上吃草，母亲和我走到山的最高处，母亲坐在草地上，把目光投向外婆和外爷住的那个庄头上去，她专注而神往，看了好久好久。那时我年幼，不懂得母亲的心思，我总想，都快到外婆家了，还在这里磨蹭着看什么？现在老了，似乎才慢慢体味到母亲长时间凝神瞭望的深意，老人家一定是在想着她的童年，想着她那已经远去的艰苦和辛酸。

我和母亲重新骑上毛驴，很快就下了吉家渠壕，从短咀咀边的沟坡里走下去，又从外婆庄子下面的沟坡里爬上去，我们就到了此行的目的地姚前滩。每当我和母亲牵着毛驴走上沟边，外婆像会算卦似的，已经站在沟畔畔的打谷场边。她在场畔那几行白葱中采摘了一把葱叶，这葱叶很快就成了我们在外婆家吃的第一顿饭的佐料。外婆个头较母亲高，春暖花开了仍穿着大襟棉袄，小脚站不稳，总是不停地移动着步子。看到母亲，外婆笑着说，你们从吉家渠壕下来，我就知道是你们娘俩，刚好和面出来，你们就上了沟坡。不太说话的外婆，一见到母亲，话就多了起来。我牵着驴，母亲赶紧从外婆手中接过葱叶子，用另一只手搀扶着外婆的胳膊，走出打谷场，上了一个约二十米长的小坡坡，我们就进了外婆家的院子。

外婆家的院子很大，左边挨着小舅家，小舅家门前是羊圈，羊圈靠外公、外婆住的窑洞门前是凉圈子。凉圈子平时不圈羊，只有到夏天天气太热或者刚下过雨，给羊圈垫土的时候，才打开羊圈和凉圈子的隔离门，让羊的活动空间更宽敞，更舒适。羊圈墙五尺高，凉圈墙只有二尺多高，凉圈的围墙是我和表弟们玩耍的好去处，要么捉迷藏，要么在墙头上走来走去表演速度和平衡，因为墙矮一点，掉下去也没有多大危险。

走进外爷外婆的窑洞，那是对我来说最温暖最温馨的地方。这窑洞的门间子比我家的门间子薄，门上面的窗眼比我家的窗眼大，因而进到窑里面感到很宽敞，很亮堂。进门就是一个土炕，土炕靠门的这头是外婆的领地，顺着下炕边有一个约三寸宽的土台台，也许是为将来加固门间子预备的，现在成了外婆搁置各种杂物的地方，土台上有剪刀、梳子、篦子、盛放针和线的竹箩筐。炕的另一头是外爷的世界，靠上炕边的土栏杆上放着茶罐罐、眼镜盒、旱烟锅。栏杆背后顺着窑洞两边墙壁停放着两副棺材，棺材是为外爷和外婆准备的，棺材的前挡板上落着厚厚的一层尘土。

外爷的形象最让我感兴趣，二十世纪六十年代，外爷七十多岁，高个头，瘦瘦的，腰板儿很端正，挺精神的。他总是穿一个大襟棉袄，裤角一年四季用黑布条或白布条打着绑腿，虽然头发脱落得稀疏了，但仍把那一撮头发梳成细细的辫子垂在脑后，完全是一个清朝遗老的打扮。外爷一有工夫，就用手反反复复地捋着那个白黄相间的山羊胡须，走起路来，这三寸长的白胡须总在胸前飘来飘去。他幽默，喜欢开玩笑，李洼上我的几个表兄一块来看外爷，外爷总问他们是前院的还是里院的，若是前院表兄，外爷就说你咋黑天半夜，总往里院跑；若是里院的，他就鼓励侄孙晚上去前院，反正总能逗得这些侄孙们笑个不停。他有时眯缝着眼睛，笑嘻嘻盯着你的时候，总有一些笑话马上要说出来。外爷有四件宝：一是绒领的羊皮大氅，二是水烟壶，三是石头眼镜，四是长长的旱烟锅。这几件东西是外爷的最爱，也是老人家优于其他同龄人的象征物。外爷年轻时虽然没有多大名气，但几个舅舅在乡里乡亲眼中都很优秀，这就给外爷争回了很大的面子，因而外爷的幸福感还是满满的。快去世的那几年，因白内障双目失明，给老人家留下了很大遗憾。

外爷的绒领羊皮大氅挂着深蓝色布面，在那个年代已是非常高档的服装了，这也许是当县长的三舅孝敬他的，反正不到重要时间他不会穿出来。大概是我六七岁的时候，有一年万凤山过庙会，外爷跟会的时候把这件宝物披挂在身，戴着他的茶色石头镜，手里拿着那个有玛瑙坠子的一尺多长的旱烟锅，骑在驴身上，我真的看着外爷好威风。

外爷最享受、最惬意的是抽水烟，每当来了贵重客人，他就会非常郑重地从栏杆上面取下一个长方形的铁盒子，铁盒子上面有图案，可这图案是什么我记不起来了，但盒子侧面印着的"兰州水烟"几个字，我至今记忆犹新。铁盒打开，里面是用油纸包裹的三包水烟，这水烟黑黑的，黄黄的，很像我们在潮湿的地方采摘的发菜，更像墙头上长出的那些绿中带黄的青苔。外爷接着从栏杆上面的墙壁上取下那个挂着的水烟壶。水烟壶的构造还比较复杂，银色的铁皮外表总是锃亮锃亮，中间是一个长方形的盛水的小容器，前面是烟锅头，小而精致。后面是一个弯曲的吸烟咀，吸烟咀的末梢有一个木头做的吸口，当外爷从墙上往下拿水烟壶的时候，我会好奇地关注他吸水烟的全过程，这时表兄或表弟会赶快端出那个盛着清油的铁制灯台来，然后用火柴点着灯，清油灯很暗，大部分作用不是为了照明，只是为了点燃水烟。外爷看见一切准备就绪，就用指头抓一小撮水烟塞进烟锅头，然后用纸捻子点燃水烟，那一瞬，老人家会闭上眼，噙住烟嘴美美地吸一口烟，这烟不能很快吐出，得在口中打几个来回，然后从鼻孔中悠悠送出。最神奇的是吸烟的时候，烟壶中的水会咕噜噜地响起来。当烟从鼻孔中完全送出时，外爷才慢慢睁开眼睛，有一种特别享受的表情。等他自己吸上两三口，他会用袖口把烟咀上的口水擦拭干净，再装上水烟，双手交给客人，这时候，我就会把目光从外爷那里又移到客人这边，心里暗下决心，等我长大了，也一定要置办一个水烟壶，也闭着眼睛抽它几锅子。

外婆和外爷大不一样，她老人家的父亲是清末监生，也算是我们那个地方的名人，因而在我眼中外婆身上总洋溢着大家闺秀的气质。她中等身材，国字形脸庞，眼睛大大的、亮亮的，说话慢条斯理，很少笑，但每当我和母亲去的时候，老人家总是格外高兴。外婆有三个女儿，母亲最小，她也特别疼爱母亲。在母亲的搀扶下，外婆很享受地一步步走向她的窑洞，然后从下炕头爬上炕去，盘腿端坐在她往常坐的地方，母亲会把我们带给外爷外婆的礼物一件件放在炕头，外婆又慢吞吞地一件件拿到手中，反反复复地摩挲着，表情显得快乐而慈祥。外婆是一双小脚，我们每次去，母亲总在正午或晚上打一盆热水，从一层又一层白布条的缠绕中把外婆的脚剥离出来，那一双嫩红又煞白的畸形的脚一显露那扭曲的形象，我总是不敢正视。母亲用小刀把外婆脚掌下的死皮慢慢刮剥干净，又用剪刀剪掉已抠进肉里面的脚趾甲，洗干净晾干，然后又用布条一层层包裹起来，这一幕让我心里格外难受。在母亲为外婆剪手指甲的时候，我看看外婆的脚，又看看母亲的脚，母亲的脚比外婆的脚更小，在家洗脚总要等到我们出去玩耍或晚上睡着后，因而我很少能见到母亲脚的可怜相，但看着母亲为外婆抠脚趾，剪脚趾甲和刮洗脚的情景，我马上就想到了母亲的那双小脚。看着外婆痛苦的神情，我想母亲的小脚也许骨折和扭曲得更加严重，母亲小时候是怎样忍受那双脚被活生生地折断和压倒的，我实在不明白外婆在受到上一辈摧残后为啥又要亲手摧残自己的女儿，随着年龄的增长和知识的增多，我对中国封建礼教严重摧残和折磨女性感到无比痛恨。所谓的"三寸金莲"，古代某些文人笔下的那种病态的赞美语句，我实在不敢苟同。尽管民国时已经提出了解放妇女的口号，但很多陋习因当时政府管理的松散和政令的不通，实际上都停留在口头上，真正从根本上禁绝鸦片、给妇女放脚、关闭妓院还是一九四九年后。可惜母亲她们没能赶上好时代，真为母亲和她们之前的那一代又一代妇女的悲惨命运感到心痛。

　　我是母亲最小的孩子，而且父亲去世早，到了外婆家，外爷、外婆、舅舅、舅妈、表兄、表弟们都特别关心我，待遇特别优厚，有什么好吃的，好玩的，首先是满足我，所以一到外婆家就再也不愿回家，整天和表兄、表弟上山下沟放羊放牲口，那是我最开心的事。

那时三舅在外地工作，二舅住得较远一点，每天晚上，当时任大队党支部书记的大舅和在生产队劳动的小舅都要来到外婆住的窑洞，炕中间放一盏清油灯，全家人各就各位，外婆和外爷坐在炕上，大舅坐在外爷前面挨着栏杆的炕边上，小舅坐在外婆前面挨着门的炕边上，舅妈和表兄表弟都在地上或蹲或站，听两个舅舅说话，他们聊着这一天的很多事，有远近的奇闻怪事，也有生产队的活路安排，更有家务的分工，外爷、外婆也在听着，外爷还偶尔说两句调侃孙子的笑话。就这样，每天晚上约一个小时的聊天会雷打不动。长大后我渐渐明白，外婆家这一习惯，就是舅舅们率先垂范和长期坚持形成的，这也算是一种家庭文化吧！每天的一次相聚，是因为一整天的忙碌，大家各忙各的，白天不可能聚在一起，到晚上吃完饭全都来到老人的窑洞里，一来可陪老人聊聊一天的见闻，让足不出户的老年人不感到寂寞，二来可把一整天各人的活动简单小结，互相通报，三来能安排和分配第二天的工作任务。那些已经打着瞌睡打着哈欠的表兄表弟们，在爷爷奶奶、爸爸妈妈的闲聊中会懂得很多知识。很多年后，外婆外爷都去世了，我又一次到舅舅家去，这时舅舅和舅妈坐在炕上，表兄表嫂表弟以及他们的孩子也像过去一样或坐或站，都在听着舅舅和三表兄的安排和吩咐，这种每天晚上的家庭聊天会几十年来一直在传承。

每天早晨天麻麻亮，外爷外婆还没起床，大舅妈已经背着一背篓牲口粪走了进来，把粪倒在两个炕洞前，母亲也赶紧起床，一个煨炕，一个打扫卫生，三表兄或小表弟也起得早，他们走进窑洞，把外爷的夜壶提出去倒掉，清洗干净后又放到栏杆背后一个稍微隐蔽的地方，接着就端来半盆子热水，外爷、外奶开始洗脸，然后是母亲和我，这一切像一个输好的电脑程序，是那样的有条不紊。这时候你能听见麻雀和喜鹊的叽叽喳喳声。

姚前滩住着三家，大舅、二舅和小舅，共种着一百多亩地，那就是沟洼滩、长咀子、短咀子和上壕里。从李洼梁到连渠梁，方圆十多平方千米的山山洼洼，全是丰茂空旷的草场，当时三位舅舅家各有一群羊，都在一百只以上，还有牛、驴、马等大家畜约二十几头，我整天就跟着三表兄、四表兄及两个表弟在山里疯跑，一起打梭、甩响鞭、抓石子儿、挖黄鼠，跟着他们还学会了搓草绳、打草鞋、编粪筐和编背篓。那时我特别佩服桃海表弟，他小我两岁，可胆子比我大多了，人瘦瘦的，特别精干，他可以站在那个枣红色的老马背上走好几里路，上坡下坡都掉不下来，他编的井绳结实而耐用，编的草鞋穿上不磨脚，玩狼吃娃娃总是我输。还有个叫玉海的表弟，小我三岁，他的拿手本领是数羊，每当羊进圈的时候，他不数数字，只叫着羊的绰号，什么画眉子、能行儿、秃尾巴、扁头、歇顶子、眯眼子、单杆杆。等羊都进了圈，他会忽然说："咋没见双眼皮？"找来找去双眼皮正在打谷场里偷吃粮食，我那时想，玉海的记忆力真好，一百多号羊，咋就能知道双眼皮没进圈。他比我上小学时的班长强多了，我们班只有十几个人，可班长出操时总是丢三落四，顾此失彼，数不清人头。

最高兴的是外婆家过喜事，那时只要姚前滩娶新媳妇，我是逢事必去，母亲整天忙着做十碗席，煮油饼、煎果果、磨豆腐，我却跑前跑后看热闹，等到表兄和亲戚们贴对联布置新房的时候，我就要准备新郎新娘脸上涂的颜料了。等新媳妇儿娶进门，我就和桃海、玉海给各位表嫂编一套顺口溜，惹得大人们哈哈大笑。

每次外婆家之行，时间过得特别快，还没有怎么玩儿，就到了回家的日子。母亲总是早早提醒我，可一提回家，我就有十万个不愿意。因为在外婆家有很多好处，有好吃的，舅妈总是在表兄表弟不在时偷偷递给我，如果他们正好在家，大舅妈就会把我藏在擀面的案板下面，然后将一碗羊肉或猪排骨给我送进来。悄悄吃完后，我慢慢爬出案仓，嘴上的油渍很快会被表弟们发现，可表弟们总装作没看见，也不会提意见。但回到家就得干活，小时候感觉家里总有干不完的活，从井上往回挑水，在粮食地里给猪挖野菜，下过雨后给羊圈里垫土，每天早晨扫院。但长安虽好，总不是久留之地，母亲看我一提回家就不高兴，也偶尔把我留在外婆家让多玩几天，可母亲一走，我的心一下子就空落落的，玩起来也没了心劲，住上三五天，总要麻烦表兄把我送回家。就这样我总在恋恋不舍外婆家和思念母亲的两难选择中选回家。

几十年的日子就这样像流水一样过去了，我和我的表兄表弟都进入了老年人的行列，有的表兄已经离开了我们。母亲去世的时候，外爷外婆都早早离开了这个世界，到前年腊月，九十岁高龄的大舅妈也过世了，她这一走，我的舅舅辈就都成了另一个世界的人了。姚前滩当滩里那排老桃树过去年年都会开出鲜艳的花朵，可当今年清明节我去看的时候，那几十棵树只剩下了三棵，这三棵桃树也已经老枝虬曲，叫人心痛。走到当年外婆为我和母亲采摘葱叶的沟畔上，沟畔里年前茂密的蒿草经一个冬天的严寒折磨，也已一片枯枝败叶，满目荒凉。外婆家过去那偌大的两个院子，房子还在，屋瓦尚全，有一个门上还挂着旧布帘，可院子里已经一片荒芜，冰草从集流场预制块缝隙中坚强地顶出来，仍在显示着生命的顽强。吉家渠过去那宽阔的草场，如今已垦为粮田，地埂边的草绿了又黄，黄了又绿，山洼里因为春的到来有了一层黛绿色的青草芽。驱车从外婆家的里壕绕一个圈，转到外婆家庄子的山顶上，这里可把当年姚前滩生产队的各个庄头尽收眼底，山畔畔上有表弟近几年栽种的几百棵山桃树，一排一排，一棵一棵全开出鲜艳夺目的山桃花。是呀！大千世界，新旧交替，老桃树去了，新桃树来了，他们长得更加整齐，更加繁茂，姚前滩大部分人都因工作因前途离开了故土，剩下的几户，如今都是砖崖面、砖院墙、油漆门，这时家家烟囱冒着青烟，小康的脚步

正在向姚前滩走近，我和表弟顶着正午的阳光，慢慢告别了满是我童年故事的地方。

别了，我的那么多可亲可敬的亲人；别了，那个总萦绕在梦里的姚前滩。

二〇二〇年五月二十日于兰州

母亲与门前那一溜溜山

认识山，见识山，领悟山，好像都是从家门前那一溜溜山开始的，都是从母亲那春雨润物般的讲述中开始的。

记忆中，每逢春暖花开的时候，午饭后，总跟在母亲后面，走出大门，从一个约十多米的小坡下去，我们就到了那个一亩左右的菜园子。园子里有一棵杏树，一棵核桃树，还有两棵李子树，四棵树都在园子的下沿，似乎就是这个园子的守护者，不分昼夜地站在那里。园子里种着韭菜、葱、蒜和香菜、白菜，有一年还栽了洋姜和黄花。一到这个园子，母亲就有干不完的活，锄草、壅土，回家时再割一把韭菜，采一把葱叶，摘几个黄花，刨几个土豆。园子里草长莺飞，蜂喧蝶舞，这就是我的快活园。太阳偏西，母亲累了，我也累了，回到我们住的窑洞，母亲擦一把脸上的汗水，为我们洗干净满是泥土的手，然后用那个小小的搪瓷缸子泡一杯浓浓的下关砖茶，坐在挨着栏杆的上炕边休息。我依偎在母亲的身边睡午觉，听母亲讲山和毛野人的故事。我一边听故事,一边望着窑洞窗眼里射进来的那束明亮的光,像探照灯一样的光柱照射着屋子里飘飞着的无数尘埃,我总是在无边的遐想中进入梦乡。

一觉醒来,母亲已到厨房操持一家人的晚饭了,我站在窑洞门前,看着太阳从白路崾岭缓缓没入山的背后,就记起了母亲关于对面这一溜溜山的好多故事。从阴渠壕开始,经过门背渠壕、燕窝台、马鞍渠、老坟湾、中梁子、大梁洼,一直到白路崾岭,这每一个山山峁峁,沟沟壕壕,似乎都隐藏着永远也说不完的故事。

我家对面就是燕窝台。沿着山根根往上看,第一层较为平坦的地方叫柳树俭,柳树俭的下沿曾经长着十几棵柳树,可到我记事时,这里很多树因为高龄死掉了,可还有五棵树虽身躯已被蛀空,枝叶尚且繁茂。它们经历了很多寒暑,总还是挣扎地挺立着。到了冬天,枝叶掉了,繁华落尽,五棵老树只有那龙钟的树身孤孤地站立着,落一层雨,披一层霜,像阅尽人间荣辱的老人,任它东西南北风。很少的几枝干枝上挂着一串串冰凌,在凛冽的风中抖瑟着。可一到春天,老柳树早早就会吐出新芽,从那些干裂的皱皮中生出新的希望。每年的端午节,是这五棵柳树极尽荣耀的季节,初夏的阳光雨露给老树枝披上了浓浓的新绿,长出的新枝也不再娇嫩,它们把婆娑的枝条挂满树干,飘逸而洒脱,下垂的千万个柳条真像少女的披肩发,浓郁茂密,青春洋溢。这时候你站在树下,一股浓浓的柳香会扑鼻而来,静静地看着他们,似乎能听到抽枝长叶的沙沙声。太阳出来了，初夏的阳光是炽热的，我们这一群小孩，总把柳树阴凉作为避暑的好去处，每人编一个柳条遮阳帽，用小手使劲儿把剪下来的柳条左右环拧，让枝条内的木质和外面的树皮脱离，制出一个又一个柳笛。吃中午饭了，每人再采摘一把柳枝来，吹着柳笛回家，把柳枝插在各家各户的门框上。现在想来，老柳树那干瘪虬曲的躯体，是那样的顽强，虽然老了，但它们求生和奉献的努力却照旧。

沿着柳树俭向上走，就到了对面梁的第二个阶梯燕窝台。燕窝台是一个约二十亩大小的台地，上沿是一排又一排杏树和桃树，夏日的雨后，我们站在燕窝台上面的坡地上或爬上老杏树那个最高的树杈上，燕窝台和我们赵掌上川下川就尽收眼底。看到从台地上蒸腾起来的缕缕水雾，水雾在晨光的照射下若袅袅轻烟，若粼粼波光，如梦似幻，这时就有无数个燕子上下翻飞，如离弦的箭，如飘飞的蜂，它们用剪刀般的燕尾助推着灵巧的身姿，在湿润的天空来回穿梭，搅动起气浪发出阵阵哨声。看着燕子在空中尽兴翻飞，你会感到自由飞翔是多么美妙，多么诱人！

从燕窝台再往上走，就到了老坟圪，老坟圪有两块坟地，一块已经看不清楚坟冢，那是同治战乱前我的先祖的坟地，坟冢仍然耸立的那块儿是我的祖爷、太爷和太太。从老坟圪再往上走，就到了马鞍渠崾崄。马鞍渠崾崄，顾名思义就是形如马鞍的崾崄，两边的山峰高高耸起，中间的马鞍渠突然低了很多。从党山庄、杨掌走过来的人，都要从马鞍渠崾崄穿过，山间豁口就成了山那边到山这边的捷径。每次望着马鞍渠，母亲总说起她年轻时的故事。她一九三四年嫁给父亲来到赵掌，一九三五年农历九月初，她正在沟洼滩收糜子，忽然从马鞍渠崾崄黑压压涌过来一支队伍，队伍双排行进，母亲很害怕，赶忙往家走，可那支队伍行进速度很快，她刚进大门，队伍的前锋已上了门俭畔。走进来两个像长官一样的人，南方口音，说啥她听不懂，他们只好用手势说话。他们从水缸里舀出两桶水，把水提到大门外，行进的队伍谁渴了，就舀一瓢水喝下去，然后又进入队列前行，不一会儿又提了两桶水，四桶水喝完了，队伍的前锋早已上了崖背梁，可后面的人还源源不断地从马鞍渠那边涌来。母亲说，这支队伍人很多，天气已凉了，可他们大部分还穿着短裤，衣服特别破烂，有的穿着草鞋，有的甚至打着赤脚，个个又黑又瘦，但看上去都很年轻，很精神。他们说话和善，待人特别热情。这支队伍过去好多天了，母亲才听村里人传言，说这支队伍叫红军。这支队伍的故事，小时候母亲反反复复地讲，说这是她见过的人数最多，衣着最烂，纪律最好，为人最和善的队伍。四十多年过去了，母亲仍津津乐道，非常感慨。很多年后，我从史料上知道了这支队伍，确实就是长征中的中央红军。他们在一九三五年十月初翻越六盘山，十月九日进入陇东的镇原境内，十日晚在镇原三岔、殷家城一带宿营，十月十六日离开环县进入陕北，在环县境内共行进了五天。经过马鞍渠崾崄的红军，正是从三岔一带出发，经过环县车道镇的魏洼、万安、代掌村的红一方面军。每次回到老家，想起母亲，想起母亲说过的马鞍渠崾岘的故事，我总是感慨万端。二十世纪三十年代，我的老家仍然未能走出清末战乱后的阴影，这里地广人稀，文化落后，信息封闭，红军长征这样惊天动地的大事，蒋介石围追堵截红军轰动国内外的新闻，乡民们一无所知。我的父老乡亲，直到共产党在环县一带建立了基层政权，才略微知道了红军那次路过的壮观和伟大。随着岁月的流逝，那些血与火的故事，和我们的马鞍渠一样慢慢淹没在人们的记忆中，它给我们留下了很多思念和记忆。

沿着燕窝台向西北方向走去，经过老坟湾的中梁渠，就到了大梁洼。我们村二十世纪流行着几句顺口溜："走上大梁洼，风景美如画，林荫层层翠，果子满山挂。"是啊！人民公社化后的赵掌生产队，美化山川的工程就是从大梁洼开始的，五八年搞了梯田平整，农业学大寨初期给老坟湾口打坝淤地，都是以大梁洼为中心展开的。赵掌队的几十户农家，从党崾岘到苏大湾，都是傍着阳山根一字排开，高高低低，前前后后，依山而建。这些农户一走出门就能看到美丽的大梁洼，大梁洼的故事，也是我们这些过来人心中最美的风景。

母亲说，一九五八年，上面提倡"鼓足干劲争上游，跑步进入共产主义"，大梁洼最显眼的两个梯田之间用白灰写上了一米见方的大标语："人间天堂咱来建，神仙都夸咱能干。"生产队制定了把大梁洼建成花果山的蓝图，全队社员每天都汇集在这里，修梯田，栽果树，那时人们都觉得，共产主义已经离我们很近，在大梁洼山脚下办起了公共食堂，社员们唱着《社会主义好》，把个大梁洼闹腾得红红火火。大梁洼山顶上有一棵两个人合抱才能抱得住的大青杨树，红旗就绑在这棵树的最高处，社员们每天就冲着这面红旗挥汗如雨，大干快上。以青杨树为中心，平一层梯田，栽一圈果树，再平一层梯田，再栽一圈果树，就这样层层叠叠从山顶修到山脚，快到山底下的那一匝酸枣和灌木林，成了保护这个风景区的天然屏障。每到暑假，我和其他放了假的小朋友，最向往的就是去一次大梁洼。收麦的季节到了，层层麦田荡漾着金灿灿的麦穗，梯田上的豌豆挂满了豆荚，满山的杏子熟了，有的黄澄澄，有的红彤彤，给这个季节增添了诱人的色彩。社员们正在收割麦子，我和一群小朋友给生产队拔扁豆，队长再三叮咛，学生娃要守纪律，不能随便上山去。可是那满山的杏子香甜欲滴，挂满豆荚的豌豆香味喷鼻，我们一边劳动，一边议论着啥时候到山上去吃上一次。忽然队长站在田埂上吼了起来，学生娃上来，今天生产队分杏子、摘豆角了。这一吼可把我们这些娃们高兴坏了，大家急急忙忙把拔下来的扁豆归拢起来，赶快向山上跑。队长先抽出五个女社员，让她们每人提一个大筐去摘豌豆，其他人分散开，上树摘杏子，我们这群小学生就满山满洼跑，把大人摘下的杏子归到一起，那可是我们最快乐的日子。一个多小时后，太阳快落山了，队长把堆积如山的杏子分成若干份，每家一份，把豌豆也分到了各家各户。这时候我们因多吃了杏子，胃里面热乎乎的，但到家还是赶快煮上豆荚，每人捧一碗热豆荚，直吃得不停地打饱嗝，母亲赶快把豆荚收起来，怕我们吃多了肚子疼。那年月，总是缺吃少穿，这一天的幸福生活，让我们梦里都能笑出声来。

大梁洼的山底下，排列着几十个用土坯垒起的炉膛和烟囱，母亲告诉我，那是一九五九年初春为防霜冻做成的人工驱霜器，那时不知道是哪一位领导头脑发热，让各生产队都建出几十个烧柴草的炉膛来，每到天气预报有霜冻，整个农村大地都点燃柴草，让炉膛里的火彻夜燃烧，几百平方千米的大地上烟雾缭绕，好几天还笼罩在农村的沟沟洼洼，让人窒息，让大人小孩都不停地咳嗽。

大梁洼的东边是有名的老坟湾，老坟湾口那一大片已看不清坟冢的坟园，是赵氏家族同治之前的古坟，是当时好几个门间的共同祖先。我小时候，无论谁去上坟，都先到这座古坟园散一圈纸钱，那时好像杨掌村的南掌里，芦家湾的李唐岔，毛片的砖城子，都有赵姓人来这里烧钱挂纸。可自打"文革"后，特别是二十世纪以来，就再也没有见到远处的族人来这里上坟了，就连我们本庄的族人都是给各自的亲人去烧纸，每次上坟时经过这里，大家好像已经不知道这里埋葬着我们祖先的祖先，这些古坟里长眠的先祖，已经无人管顾了，这正应了一句玩笑话："一辈亲，两辈远，三辈四辈坟园转，五辈六辈没人管。"就在这座古坟的下沿，一九五八年曾经堆起过一个约两米六高，直径两米的"跃进墩"，跃进墩四面都涂着白灰，一直到二十世纪六十年代末，这个跃进墩仍然挺立在那里，那是大跃进的产物。墩上写着"人民公社是天堂，公社社员是龙王，呼风唤雨我全会，共产主义道路宽又广"的口号。到了"文化大革命"，红卫兵又经常在跃进墩前集会，跃进墩前面那棵大柳树，就是一个天然的遮阳伞，斗争走资派，清理阶级队伍，斗私批修，跃进墩和大柳树见证了一次次运动的惊心场面，见识了你方唱罢我登场的各色面孔。一九六九年珍宝岛事件后，全国又掀起了一阵全民练兵运动，从小学学生到公社社员，都学会了用俄语喊的两句话："缴枪不杀""举起手来"。这年夏天的一个夜晚，大约凌晨四点，忽然从大梁洼方向传来一阵鼓声和锣声，我们在大人的催促声中穿好衣服扛起早已准备好的梭镖和木棍，在跃进墩下面集合。队长告诉我们，敌人已占领了大梁洼顶端的大青杨树，这是全队的制高点，我们必须发扬"一不怕苦，二不怕死"的大无畏精神，夺回大梁洼这块阵地，全村男女社员和学生一起向大梁洼冲去，当我们连滚带爬冲上山顶的时候，几个假扮敌人的社员正在用灰包阴一阵阳一阵地向山下的人群扔着，这时我才明白这原来是一次民兵演练，当时中苏关系非常紧张，我们用梭镖和灰包演练，十分滑稽可笑。这次突如其来的演练，让我们这些学生娃经历了一次非常刺激的行动，这之后的两三年中，上学、放学路上我们不断地上演着一幕又一幕阵地争夺战。

大梁洼再往上走，就到了白路崾崄。站在我们家门口，向西边太阳落山的地方望去，正好就看到了白路崾崄。白路崾崄是我们去兔儿堖那条车马大路的必经之地,母亲告诉我,一九四七年解放战争进入胶着阶段的时候,白路崾岘实际上是西边国民党占领区和东边解放区的交通要道,那时我们附近有名的甄崾岘战斗、朱吊渠战斗、赵渠战斗,都是在白路崾岘的西边展开的,有时候抢救伤病员的战地卫生所就设在我家,说是卫生所,实际上只有两三个背着急救包的解放军战士。母亲说,每当听到西边枪声响,总有一拨又一拨背枪的人从白路崾岘走过来,有的是退下战场需要休整的解放军战士,有些是用担架抬过来的伤病员。甄崾岘战斗中,小堡条红沟岔三舅爷、四舅爷的两个孩子,双双牺牲了。这两个表叔都是在固原读过书的,在我们那个文化十分落后的地方,他们弟兄都算是地方上真正的青年翘楚,他们牺牲的过程,母亲亲眼看见。几十年后,老人家仍叹息不已,她说一个表叔抬到赵掌,人就已经去世了,另一个抬到我家,卫生员紧张地为他包扎伤口,可穿胸而过的子弹已经让他流了好多血,年轻的表叔知道他已没救了,就用微弱的声音告诉我父亲,让好好安慰我们的两个舅爷。担架队为争取他的生命,又马不停蹄地往环县赶,因为环县有比较完备的后方医院,父亲用颤抖的手抚摸着表弟,人刚送出门,父亲就泣不成声。等到两个舅爷听到消息准备去环县时,豆城子那边已送来信说,那个尚有气息的表叔到豆城子就牺牲了。二十世纪六十年代,红沟岔两个舅爷经常来我家,四舅爷也许患上了帕金森综合征,剧烈抖动的手吃饭都十分困难,幼小的我总在想,舅爷的病可能就是早年丧子留下的根。每当舅爷来到我家，尽管我们生活很困难，但母亲总会张罗着让他们吃点可口饭，这两个舅爷是父亲姑奶奶的儿子，若干年后，我的爷爷去世了，父亲也去世了，可两个老人对赵掌这个他的妈妈娘家仍是执着地留恋着，年轻时从不想这些，等到自己老了，我才慢慢知道，上了年龄的人，对故人和故土的思念是那样的浓重而深厚。舅爷走了，母亲在送走他们后稍稍休息的时候，总要提起那两个年纪轻轻就离开人世的表叔，使我们对两个中年丧子，早已老态龙钟的舅爷生出很多同情和敬重。

一九七七年夏，我的母亲也突发脑溢血去了另一个世界，从此以后，再也不知道红沟岔两个舅爷的情况了。几个哥哥商量着把母亲安葬在了老坟湾的中梁上，这中梁地势高，既能看到我们家的院子，也能看见去外婆家的必经之路，白路嵝崄，每年清明节，哪怕远在四川，我也要想尽办法回一趟家，在母亲的坟前烧几张纸，奠一杯酒。每次上坟，我总要默读一遍由我的表弟、母亲的娘家侄子撰写的碑文："陌上花开，如见慈颜，高山流水，如闻温语，睹物思母，胸臆怆然……"每读至此，我总会泪眼模糊了视线。是啊！父亲去世太早，是母亲柔弱的双肩担起了一个几十口大家庭的生活重担，她六十年的人生，承担了太多的生活重负，娶了八个儿媳妇，二哥二嫂二十出头就过世，留下了两个姑娘，前方四嫂走的时候留下了三个孩子，最小的尚在襁褓之中，是母亲把他们拉扯成人，真是"一语一泪，屈指苦盼长成！"在我的心中，母亲就是一座胸怀博大的高山，让我们有依靠，我们几代人都享受着她老人家的阳光雨露。不单单是门前的这一溜溜山，方圆百里的山山峁峁，母亲告诉了我们太多关于山的故事，这些故事在我们幼小的心灵里播下了正直、善良、勇敢、勤劳和博爱的种子。看着一天天长大的侄子、孙子、重孙，我总想把母亲和山的故事讲给他们听听。

二〇二一年三月于兰州

思念在除夕

"不要问我从哪里来,我的故乡在远方,为什么流浪,流浪远方?"人啊,当一首歌或一句话触动了心中最敏感最柔软的地方时,你就会把久远的记忆从深埋的心底捞起,让思绪飘飞到很远很远的地方去。听三毛填词,齐豫吟唱的《橄榄树》,我心中总有一种淡淡的酸楚,这酸楚来自我对故乡许许多多往事、许许多多亲人和朋友的回忆和牵挂。也怪,有些人和事过去就过去了,但在人生路上关键节点遇到的那些人和事,总会像一杯浓烈而绵长的酒,让你久久回味,时间越长,越能醉人。心中深藏的那些甘醇的故事,总让人一生难以释怀。

十五岁那年冬,读完初中,家里太困难,不能参加升高中的考试了,母亲含泪告诉这个对我来说如惊雷一样的决定。父亲在我不到一岁的时候就去世了,母亲含辛茹苦把我养育到今天,我能说什么呢?我太清楚我的家庭和我当时的处境。那时我家除了母亲和我,还有哥哥嫂嫂以及他们的六个孩子,十口之家就三哥三嫂两个挣工分的,我们家年年是生产队的超支户。每到分配粮食的时候,看着人口比我家少的农户,分粮的口袋装得满满的,而我拿的毛线口袋只能盛上一点点,有时甚至是空空而归。我怯怯地问保管或会计,他们说:"超支户,扣了超支款。"听到这里,我总是提着空口袋哭着回家。为了一家人不被饿死,三哥走到哪里都背个口袋,靠着他给人帮忙寻吃讨要。

一九七一年春节过后,我开始参加生产队的劳动,灰暗的心情让我痛彻心扉,因为我太想上学了。考上高中的几个同学去虎洞上学的那天,我赶着羊群在山里哭了一整天,我甚至想着偷跑到虎洞,讨吃要饭也要听老师讲课。古历二月初的一天,三哥没到散工时提前回家了,他高兴地告诉我,我们生产队三年制小学老师我的五哥要到阳明庄中学去教书,大队决定让我接替五哥在赵掌小学任教。那时年龄小,太幼稚,以为这就是大队的决定。长大后我才明白,三哥,也许还有五哥、四哥,为了我的未来,肯定在后面做了很多工作。这消息让我兴奋至极,赶紧跑着去告诉母亲,母亲用手抚摸着我的脸颊,落泪了。但我明白,自己这个"文革"中混出来的初中生,能否担得起这份来之不易的担子还不确定。那时年轻,有勇气,有了这个重进校门的机会,虽然角色转换了,我决心靠自学撑起自己的一片蓝天。这一年从春到夏,我实际上是在忐忑不安中度过,我太留意全队社员对我的态度了。我一直到这学期结束,才真正树立起了自信心。因为学生人数已从开学时的十六人增加到三十三人,这一切告诉我,乡亲们是信任我的。到这年秋季开学,又增加了七个新生,生产队长见我忙不过来,又给我增加了一个帮手,直到这时我的心情才真正好起来。

春天来了,天气渐渐变暖,为了学生,也为了我自己的前程,天麻麻亮我就向学校走去,我要趁学生未进校门之前,把学校打扫得干干净净,把一夜北风带给教室和课桌上的尘土彻底清理掉。从我们家到学校约两千米路程,因为我太看重这份职业,我把这一路上的坑坑洼洼和一草一木都记得清清楚楚。因为学生越来越多,我有了一点成就感,心中也敞亮多了。我感到天空是那样的湛蓝,空气是那样的清新,沿路的花草都散发着芬芳。正是每天的早起,也让我欣赏到了许多早晨的景致。初为人师,我把这每一天都深深地刻在心中,拥抱着初升的太阳,沐浴在乡亲们灿烂的笑声中,我知道了村子里起得最早的那几个人。

余家大表嫂是村子里起得最早的人。每当我迈出家门,第一个碰见的总是她。那一刻,表嫂已从一里多远的官井上颤悠悠挑回了满满的两桶水,她瘦弱而单薄的身子总是被超负荷的重量压得佝偻着,但好强的她在重负中仍然是满脸阳光。看见我,她把水桶从肩上放下来,把扁担搁在水桶上,笑着说:"攒劲的,走这么早,咱们庄娃娃有表弟管着,多好!"她的二儿子也是这学期上的学,明知是夸奖的话,但我听出来她说这话是真诚的,是信任我的。因为表嫂看着我长大,她是了解我的。表嫂的日子很苦,每天都在非常忙碌的劳动中度过。她皮肤黑黑的,一说话,露出洁白的牙齿，我觉得她有一种内在的美。表嫂是村子里出了名的好人，勤劳，善良，热心，庄里人都喜欢她。母亲告诉我一九六一年春，有几天我们家断了炊，我和侄子一天多都没吃上东西，是表嫂瞒着丈夫偷偷把两个黑面馍馍送到了母亲的手中，让我和侄子从极度饥饿中活了过来。庄里谁家老人或孩子有个头疼脑热，表嫂总会在口袋里揣点黑糖或白糖，把邻里的关爱送到人们的心坎上。表嫂娘家在距我们庄子三十里远的安掌村火石湾，那时她娘家人经常来，他们有几个都和表嫂很像，黑黑的，瘦瘦的。几年后，我在车道公社工作期间去了安掌村的火石湾，记得火石湾队的队长就是她的亲侄子，也是黑黑的，瘦瘦的，人很厚道，一接触你就能感到他很诚实，就会把全部的信任托付给他。后来我调到县上工作，家也搬到了县城，回老家的机会少了，但每次回家，都能见到表嫂，因为她一听我回来，总要来打问我爱人和孩子的情况，她牵念别人的那颗心，从年轻到老一直没有变。谁家的孩子是哪年哪月哪日出生的，生的时辰是清晨还是傍晚；谁家的媳妇是哪天娶的，娘家在哪里，拉马娃娃是谁，这些事情她多年后仍能说得一清二楚，我一直以为是她的记性好，直到老了，我才慢慢悟出，这是她心中永远装着乡里乡亲，牵挂着村子里的每一个大人和小孩。

第二个遇见的是余家姑舅妈，也就是表嫂的婆婆。也巧了，每天早晨从她家门前走过，总看见姑舅妈拎着一筐羊粪走出羊圈，也许是那时生产队对肥料管得严，不许社员烧羊粪，但那时山都是穷的，除了羊粪和牲畜粪，社员们实在找不到其他燃料。老人家只能趁村里人还没起床，扫点儿羊粪煴进炕洞，虽然老人家不愿让人看见，可她从不避讳我，因为小时候母亲没奶水，是姑舅妈的奶水帮衬着把我带过了哺乳期。也许是这层关系，老人家十分喜欢我，心疼我。她高高的个头，大脸盘，笑起来眼角满是皱纹，但在我看来，那皱纹里全是正直、善良和慈祥。碰见我他总说："娃娃家瞌睡多，咋起得这么早？"我说我长大了，当老师了，他笑着叮咛："去吧，给娃们把书教好。"我走出几十步远了，仍看见她拎着粪筐目送着我，我心里好感动。姑舅妈她姓任，娘家在距我们村约一百里路的毛井镇乔崾岘村猪尾山，他家距清末著名将领，甘军创始人，甘肃提督董福祥出生地约四千米，到县上工作后，有一年我跟一个同事到乔崾岘去，先看了董福祥的故居和祖茔，又非常想到姑舅妈的娘家看看，那时老人家已去世，我想念她，就想看看她的出生地和娘家亲人，可一打问，村里人说，现在住着两家姓任的，不是老人的亲人，老人家的亲人已搬到宁夏清水河川里了。我还是去了那个庄子，走上院畔，只见满院蒿草，庄子破烂得不成样子了，看来这家人已离开多年了。我想，老人家生前知不知道娘家人搬走的情况呢？是否还怀念着她童年成长的这个地方？近百年的时间过去了，现在哪还会有老人家的一点踪迹。我悻悻地离开了这个旧庄园，一整天心里都空落落的。

再往前走，就到了我的本家里阳洼，里阳洼那时有四户人，分别是二爸、三爸和大爸的两个儿子，二爸三爸在我能记事时，都已经失去了老伴，两个老人住在相连的两个院子里，从门前走过，院子里静悄悄的，我能看出两个老人的孤单和寂寞。这四家起得最早的是远房大哥，他虽双目失明，但能听出我的脚步声，他笑着喊我的乳名，我赶快答应，怕答应迟了大哥着急。大哥三十出头就患了眼疾，二十世纪六十年代中期在二爸的帮助下去了趟西安，但眼病还是没能看好。二爸在战争年代被国民党抓走在西安关押了几个月，逃出后靠要饭才回到家乡，在村里人心目中，二爸也算是见过大世面的人，因而带大哥看眼病就非他莫属了。大哥年轻时性格开朗、热情，是我们队有名的美男子，他常来我家，来了就陪着我母亲拉家常。他总是笑嘻嘻的，心里装着很多故事。每次大哥一进门，我就缠着要他讲故经（故事），他谈天说地，让幼年的我特别开心。

　　我正在打扫卫生，和学校同一个庄头的胡家姑姑在重孙女儿的搀扶下缓缓走来，姑姑那时约七十岁，他用手绢包着两个刚从炕洞里刨出的烧熟的土豆，又黄又脆，好吃极了。姑姑知道我们家生活困难，总是非常关心我。在大冬天，或是我批改作业回家太晚，姑姑就会把我喊到她住的窑洞里取暖，姑姑那个小小的、暖暖的土炕，承载着我很多温馨的记忆。

　　当我把学校的院子和教室打扫完，学生们就熙熙攘攘到校了，一天的学校生活在我的忙碌中很快就过去了。那年我只有十六岁，也就是一个大孩子带着一群小孩子，现在想，乡亲们把自己的娃娃交给我这个毛头孩子，他们对我的信任和宽容真的让我非常感动。下午五点左右，学校放学了，我和学生一起走出校门，这时生产队也到了放工的时候，从对面山上走下来的社员们都走在回家的路上，他们笑着和我打招呼，我的嫂嫂们也还开玩笑："这么大点，能当老师吗？"一路上的问候和笑声，让我心里暖暖的。这时各家各户开始做饭，家家烟囱冒着青烟，整个村子充满了烧柴草的味道。从阳山洼一个表侄家经过，他们总在那个时辰给牲口铡草，青草从铡口中整齐地溢出，也溢出了一股浓浓的草香，我从小就喜欢这种味道，因为那淡淡的、幽幽的清香总给人一种生活在草原上的感觉。四里路上，有六七个牧羊户，这时牧人们都赶着羊群回家了，母羊听到羊羔在圈里的咩咩呼叫，疯了似的往家跑，嗷嗷待哺的小羊羔冲出圈门，呼喊妈妈的声音急切而亲热，这叫声在傍晚的空气中流淌，整个村子似乎充满了爱的元素。回家的路，因了我敞亮的心情而显得格外生动。

回到家，母亲用慈祥的目光打量着初为人师的儿子，看得出，母亲担心和忧伤的心情因为我当教师而高兴多了，晚上老人家特意做了一顿腊肉臊子面，我们全家人吃得十分香甜。

三年没上坟了，去年腊月，我提前从四川回到老家，就是为在腊月三十日能去祭扫老人的坟。上坟的路，正好和我当教师去学校的路重合。祭扫完坟园，侄子、孙子，还有重孙子，都说说笑笑往回走，我一个人走在最后，忽然想起了四十八年前刚当上老师的那些情景，想起了早早晚晚在这条路上遇见的那些人，有些情景似乎就在眼前，可那些熟悉而亲切的面孔，很多已经永远见不到了，细想起来，他们每个人的经历，就是一首曲折而婉转的歌。

最先逝去的是我的母亲和姑舅妈。两个老人同庄居住，家与家之间也就一百米左右，他们既是邻居、亲戚，也是好朋友。小时候每每见到二位老人在一起聊家常、诉衷肠的情景，我就非常感动。母亲个头小，瘦弱，但母亲小巧而精干。姑舅妈个头高，身材魁梧，说话口音重重的。两人见面总是愉快的，说到高兴处，就同时笑起来，母亲的笑是轻轻的，有着很快乐的表情，姑舅妈是开怀大笑，笑得酣畅淋漓。她们说着说着，就抓住对方的手，互相劝慰，互相暖心，那种亲热，我至今历历在目，怪不得母亲没奶，姑舅妈毫无保留地把奶水送到我的口中，现在想起这些，我真为二老几十年相濡以沫的友情感到高兴。

余家大表嫂也去世多年。听说她走得很突然，也许是突发心脏病走的。她的一生太苦，生了好几个孩子，但只存活了三个男孩，可大儿子和小儿子都患有脑瘫那类发育不良的病症，这两个孩子在十四五的年龄一前一后走了，表嫂把他们屎一把尿一把拉扯了十多年，他们的离去给表嫂的打击是非常沉重的。见到我们时，表嫂虽然乐呵呵的，但我看得出她是强装欢颜，她不愿把自己的痛苦情绪带给别人。

里阳洼大哥也走了好多年了。他虽然双目失明，可精神十分坚强。他孩子多,在那个全民饥饿的岁月里,他家的日子最为艰辛,我都不能想象,七八个孩子,只有大嫂一人挣工分,他们是怎样度过那些寒冷的冬天和饥饿的春天的。听说大哥走的时候很安详,因为那时大姑娘已出嫁,两个大点的儿子都已成人,和孩子们小的时候比,他去世时情况有了很大转变,因而他离去时没有太多的遗憾和牵挂。胡家姑姑去世时快九十了,她的走是温馨而平和的。

半个世纪过去了,那些曾经刻着时代烙印的日日夜夜,那些总让人刻骨铭心的艰难岁月,已经离我们越来越远。在我们的子孙那里,这些故事也许只能成为故事了吧!如今看着他们锦衣玉食,幸福的生活,我偶尔也想说说过去,可现在的年轻人,有几个愿意听一个苍苍老者的絮絮叨叨呢?我们国家的先行者已为我们开辟了一条宽阔的改革之路,缺吃少穿,缺医少药,行路艰难,落后封闭的日子也许会离我们越来越远,期待着国家的兴盛,也期待着儿孙们有个平安幸福的未来。

我边走边想心事,不觉太阳落山了。除夕的傍晚,尽管天气很冷,但家家户户的烟囱都升腾着袅袅青烟,鞭炮声在上川下川此起彼伏,各种炒菜和拉魂面的香味已在村子的上空浓烈而诱人地弥漫,农村的年味还是那样叫人沉醉。但在浓浓的年味中,我总是想起那些逝去的亲人和邻居,我想,他们如果能活到今天该多好。

二〇一九年八月于兰州

中秋遐思

又是一年中秋夜,又是一年赏月时。二〇二〇年中秋,恰和国庆节凑到了一起,这几天网络和朋友圈祝贺双节的祝福和问候不断,也让我对中秋这个传统节日有了更深的体味和感悟。

天已全黑下来了,宅在城市的高楼里,坐在窗前,没有开灯,恰有外孙女送来的一壶故乡的黄酒,把它烫热,泡一杯红茶,抿一口黄酒,一门心思想在这佳节之夜赏赏月光,静静心绪。虽然灯黑着,可城市的天空和月亮在这喧闹又刺眼的灯光中早已黯然失色,迷离难寻。放眼望去,只看见前后左右林立的楼群和楼群中那千百个透着亮光的窗户,还有窗灯下那千姿百态的人影。

看着看着,在楼群的夹缝中,还是透出了一片天空。今晚的天气多云转晴,偶尔能看到遥远的天际上几颗不太明亮的星星。我就这样一边品茶,一边抿酒,一边遥望着那片蓝天和蓝天上飘浮着的朵朵白云。夜已渐深,打开的窗户飘进了阵阵秋风,秋风还送来了远处不知哪个地方传出的阵阵歌声。那些楼群中亮着的灯随着夜的入深渐渐暗了下来，后来，只剩下零零星星的几个。人间的灯暗下来了，天上的灯却越来越明亮。星星越来越繁密、耀眼。月亮穿过云层，透出清亮而让人神往的光，它像一张大而圆的美人的脸，缓缓在云层中穿行，时隐时现，时亮时暗，真有点"犹抱琵琶半遮面，江上寒梅暗香来"的感觉。

月亮升得老高，清凉而又恬淡，我忽然听到隔壁邻居家传来了周兵作词、云飞演唱的《草原的月亮》："每当月亮挂在天上，草原就变得变得很安详，风吹过绿波，泥土沁香，我和思念进入进入梦乡……阿妈的摇篮，童年里晃，古老的故事慢慢慢慢讲。草原上的月亮，阿妈的目光，照亮我心中那一个思念。"歌曲散发出的对童年和阿妈的思念，立刻让我泪眼婆娑，心潮逐浪。我细听着，好像这歌是从楼上传来的，我忽然想起了楼上那个已八十二岁的环县老乡，他沉默寡言，很少与人交流，我听邻居说他是环县人，所以曾试图和他交流，多次相遇，每次只能听他讲一两句话，三次问话，只听他说是环县合道镇陶洼子村钻洞子李家，我问他最近回过老家吗？他说年轻时当兵一走，转业到兰州工作，已好多年没回家了，言语中，似对老家有着无限的眷恋，可因年老体弱，在外面娶妻生子，回老家已是很大的奢求了。也许这歌声，正是老人家寄托思乡情感的心声。我也静静地听着，歌声像一根飘着香味的线，把我和乡党老李拽回到遥远的故乡，遥远的童年，拽回到久久萦绕在脑海中母亲那慈爱的目光中。小时候的秋夜，全家人聚在小院里一边吃饭一边赏月的那些情景历历在目。

二十世纪六十年代，那是我的幼年和童年时期。每到深秋，我们早早就期盼着八月十五的到来，因为日子再穷，到了八月十五，生产队总要给社员分几斤小麦，宰杀两只羊分给大家过节。十斤麦子，家家户户都在非常小心中把它倾倒在磨台上，用心仔细地磨成面粉。这么精贵的东西，母亲是在十万分的呵护中磨面的。平时推磨，因为生产队的驴假非常难请，只要套在磨道里，就想让驴走得快点，多磨一点，那时多是糜子面和荞麦面，推这二升小麦时，我们喂养的那条灰驴走得很快，我们总担心它快速行进的身体扇起的风会把面粉吹到地上，我就在驴的前面堵着，让驴放缓步子。

在万分珍惜中磨出来的面粉，细若粉尘，白若飘雪，用鼻子去嗅它，能闻到阵阵麦香，是那样的醉人。每年收麦时，我们会用手从熟透的麦穗上搓揉出几颗麦粒来，吹去剥落的麦衣，把这若金豆一般的东西吞进口里含着，含着，细细地咀嚼，那丝丝的甜和淡淡的香，有一种透人心脾的感觉。如今看着这雪白的麦面，你会有急切品尝的想法。

八月十五早晨，母亲早早起床，把昨晚发面的面盆移向案板，揉好，擀成一个个小小的圆型面饼，用酒盅和发卡在面饼上刻上圆圆的月亮，画出各种鸟雀和花卉图案，然后轻轻放入锅内，盖上锅盖，微火烙烤，三翻之后，掀开锅盖，一股喷鼻的香味会在厨房里弥漫，又从厨房飘到院子里，小小的院子已然充满了节日的醉意。这时的我和侄子，已不停地咽着口水，眼巴巴盯着母亲，母亲把一锅月饼，用铲子轻轻铲出锅，在案板上稍稍凉一会，就用刀把月饼切成四块。看着刀切月饼上的图案，我很是不忍，但那年月一年也吃不上两回白面锅盔，人实在太馋了，就赶快伸出脏兮兮的小手，捧起母亲递来的那角小小的月饼，就那样捧着，看着，看着，捧着，先是不忍心吃，但时不时用舌尖舔舔，实在忍不住，就用小口在那角月饼的尖尖上小咬一口，可这一口很是了得，只要咬上一口，叫你想停都停不下来，不知不觉中，一小角月饼下肚了。时至今日，我的脑海中仍铭记着月饼那诱人的香味。半角月饼很快就吃完了，我和侄子一整天六神无主地等着晚上月亮升上来的那一刻。因为只有献完月亮，我们才能分到第二块月饼。

献月亮的时候到了，全家人在打扫干净的院子里铺上一张用山羊毛擀成的毡，我们家乡把这种毡叫沙毡。三哥会用平时端饭的木制四方盘子端出几牙西瓜、几颗红枣、几颗核桃还有母亲烙好的月饼来，放到铺就的沙毡上面，一家老小就围着盘子坐着，静静地等着月亮升上天空，我们几个孩子这时候屏住呼吸，都把稚气的目光投向平时月亮升起的地方。已是晚上八点多了，终于，我家庄子峁与庙梁的结合部出现了鱼肚色的光晕，月亮慢吞吞地露出脸来，我们像瞌睡虫一样不停地点着的小脑袋忽然就清醒了许多。妈妈这时会一手牵着我，一手牵着侄子，慢慢走出大门，在清澈的月色中走向打谷场边那棵青杨树下。面向月亮，双手合十，闭着眼睛祷告几句，说的什么我已记不清了，这个习俗我们家叫接月（节约的谐音），然后又牵着我俩走进院子。这时我们最兴奋，开始分吃月饼和西瓜。

　　吃点月饼，吃点西瓜，我和侄子侄女精神多了，睡意全无。月亮已从山坳里升起，升上山头，散发着淡淡的光，把我们家的小院照得清亮清亮。大人们仍坐在院子里闲话农桑，我和侄子侄女则满院子跑，真是少年不知愁滋味，哪怕第二天家里打了断顿，中秋的晚上我们还是尽情地嬉闹，让小院子里充满着喜庆和祥和。

　　前天早晨，三哥突然打来电话，说他一年多没有给我打电话，是原先的电话湿水了，坏了。他说昨天才问了侄子，输进了我的号码。三哥已八十六岁了，身体不大好，电话里我能听出一个八十多岁老人的脆弱和伤怀。接完电话，我久久缓不过神来，三哥的心情和话语让我心绪起伏，难以自持，我想到了很多很多。

　　在这中秋之夜，我好像没有多少喜悦，对故乡和故人的思念若奔泻的江河，在胸中如浪汹涌。回想起童年时的往事，那时家里穷，可苦中也有乐，我的哥哥、嫂嫂、侄儿、侄女，还有很多乡里乡亲同村而居。那时候的赵掌，前庄里庄鸡鸣狗叫，上院下院牛羊满圈。每逢端午、中秋和春节，真是柳丝垂门帘，瓜果满园香。挎一个柳条篮，端一碗稠酒饭，一群人就出东家，进西家，满村都是热乎乎的味道。可如今的团圆节，我一人孤栖高楼，儿孙远在四川，闺女虽在一个小区，可一天难得见一面。如今父母和好几个哥嫂已去了另一个世界，侄子侄孙们也已天南地北，恐怕很难聚齐。想到此，我不由得悲从中来，忽然就想起了宋朝大文学家苏东坡的名句:"明月几时有,把酒问青天,不知天上宫阙,今夕是何年?"是呀,从幼年的那个大山下的小院一路走来,到如今居住在都市的高楼大厦,我似乎穿越了时空的隧道,不知身在何处,身处何时,今夕是何年?人啊,一生的跌跌撞撞,摸爬滚打,不就是为了追求自我,追求幸福,可我幸福吗?苏东坡当时身处异乡,远离亲人,今夕是何年这一问,流淌着多少辛酸和无奈;想起了已逝去的母亲和那么多亲人、乡邻,我忽然就有了"人有悲欢离合,月有阴晴圆缺,此事古难全"的感慨。

坐在窗前,望着天际,望着不停眨眼的星空,我的思绪飘飞着。赏月、颂月,因月圆而想到团聚,因月缺而想到分离,古人将多少人间的悲喜剧都寄托在遥远的不可企及的月亮上面,中国古人的月亮情节是那样的久远而深重。马上要和吴蜀两国开战了,曹操浩气勃发,站在长江中流,望着夜空的一轮明月,抚今追昔,忘我抒怀。那是一种英雄鸠寻战场的豪情。盛唐失意的诗人李太白,每每拿酒和月亮说事:"举杯邀明月,对影成三人,月既不解饮,影徒随我身。"他有豪放,也有柔情:"举头望明月,低头思故乡。"看见了月亮,想起魂牵梦绕的故乡,诗人在飘泊中每每想起自己的根——故乡。从唐人张若虚的《春江花月夜》那句"春江潮水连海平,海上明月共潮生"到王昌龄的"秦时明月汉时关,万里长征人未还",无论是沧海漂泊,还是大漠征战,有了明月,总让人想起亲人,想起苍生。当然,月亮也会让人颓唐和多情。五代时唐后主李煜的"春花秋月何时了,往事知多少,小楼昨夜又东风，故国不堪回首月明中"，把一个从帝王到囚徒的人对故土的思念写得伤感淋漓。宋时王观的："年年江上见寒梅，暗香来，为谁开，疑是月宫，仙子下瑶台。"把对恋人的思念寄于月宫，让月亮成为自己的心爱。想起这些，我真为月亮感到高兴，有了月亮，有了月光，让多少人无论意气风发还是失意落魄，都有了寄托思想的地方。月亮让人们有了豪气，有了乡愁，有了伤感，也有了很多醒悟。

今年的中秋，恰遇国庆，双节同一，千载难逢，在这喜庆祥和的日子，人们总想欢欣，总想高歌。可去年冬，突发的新冠疫情，总让人不能开怀欢乐。再加上全球疫情还在蔓延，我们又不能独善其身，因而今年的中秋总让人有点提心吊胆。

月缺总有月圆时。相信国人在第一轮抗疫胜利的经验中，能找到奋发前行的路径，只要我们秉持建立人类命运共同体的新理念，坚持改革创新的新思想，就一定能够战胜前路上的各种困难。年年中秋月圆时，总让旧月换新桃，明年的中秋节，期盼着疫情后的歌舞升平，期盼着亿万人民的幸福安康！

人性的光芒

因为爱人的病，最近两个月，我多次出入兰大二院，第一次近距离和多个身患重症的病人及家属在一起。整天一块生活，倾心交流，让我这个已过知天命、耳顺之年的人有了很多人生感悟。从身边的病友和医护人员身上，我看到了人间大爱的珍贵与伟大，无论是病员与病员之间、病员与亲属之间，还是病员与医护人员之间，他们对生命的敬畏与尊重、关爱和珍惜，都让我像在久旱之后迎来了一场春雨，荡涤尘埃，玉宇冰清，净化灵魂，精神升华。这些过往的场景，真能冷却你心中那些功利的躁动，让你冷静，让你清醒，让你有一种看破红尘、超凡脱俗的感觉。人啊，整天在为生活和生存奔波的时候，很少有工夫认真思考人生的终极目标和人生的意义何在，只有在大难临头，危急存亡之秋，才是人生最肯思考的日子。它像驿站，让你驻足喘息，梳理纷乱的思绪，寻找明媚的远方，倾听来自天籁的声音。

走进医院的那一刻，我和爱人便被裹挟在洪流一样的人潮中，摩肩接踵，左冲右突，人似乎是漂泊在滔滔浪涌的大海上，你会感到那么无奈和无助。两千多万人口的省份，人们都把救命的赌注压在省人民医院、兰大一院、兰大二院等几个省内的顶尖医院里，医疗资源的严重短缺和就诊就医的庞大人群形成了矛盾，你只有走进这几所医院才能体会。这里从早到晚都是人头涌动，出出进进，加之西关通往二院的东西两条路被城市建设的隔离板堵成非常狭窄的甬道，让你一走进去就会感到无比窒息，这两条甬道像是专门用来考验病员和亲属的耐心。我第一个念头就是城管在哪里？人文关怀在哪里？经过一个星期楼上楼下、前院后院的拥挤和等待，我们终于住进了兰大二院的血液科，成了血液科收治的病员和陪护，当我们走进病房，让沉疴在身的爱人稳稳地坐上她拥有的那张病床时，我带着极度疲惫和一身风尘，大口大口喘着粗气，我也抢到了一条腿和凳面结合得非常宽松、随时有可能散架的小木头凳子。屁股落凳的那一刻，我真想放声大哭一场，把这几天所有的积怨和挣扎赶出胸腔。当看到病房的病友们那非常理解、非常关心、非常温暖的问候和帮助时，我的一颗心稍稍有了安慰。大家的表情告诉我，都是经过同样的折腾才坐上这张病床的。我们有忍辱负重、随遇而安的传统，我告诉自己，坚持就是胜利。

  住进了医院，两次化疗，两个病房的众多病友及亲属的故事，让我看到了爱的伟大，看到了人性之中的光芒，我打心底里感到满足，多亏了这次经历，多亏了这次相遇。

第一次住院，我们的病房是三张病床，爱人在靠窗的那张，紧挨着的病人是来自定西的年轻女教师，她是二十世纪七十年代末出生的，和我女儿同龄。她已经化疗了四次，看她对医院各种制度和周围环境的熟悉程度，就知道她已是二院的老病员了。年纪轻轻，病魔把她折磨得清瘦而虚弱，说话轻声慢语，底气严重不足。有一天，她和我女儿坐到了一起，因为是同龄，有了共同的话题，她们聊得很投入，但女教师因病魔折磨，非常憔悴，她俩粗看上去，好像有很大的年龄差，这一切，看着让人非常心痛。她的老公听说也是老师，因为教学忙，走不开，只好让在南方上班的弟弟回兰照应。小小的床，姐弟俩困了就挤在一起，他们耳鬓厮磨，互相逗着玩，尽管他们的孩子都十多岁了，但如今的样子仿佛就是他们小时童趣的一个剪影。看到这一切，让我对手足之情有了更深的理解。因为姐姐有病，有时心烦，时不时怪弟弟几句，弟弟总是俏皮地扮个鬼脸，从不埋怨，看得出他心里想让姐姐开心。办理出院手续那阵，弟弟楼上楼下跑了整整一个早晨，办好回来坐到姐姐的床前时，姐姐用手擦拭着弟弟脸上的汗水，心疼得偷偷抹眼泪，弟弟看见了，一个劲儿傻笑，那一幕，让我的心里掠过了丝丝甜意，我想，世间只要真情在，何惧前路多艰险。她出院了，看着姐弟互相搀扶着走出病房，望着他们的背影，我默默祝福他们，祝福姐姐早日康复，祝福姐弟俩永远幸福。

另一张床是两岁的回民小男孩穆萨，孩子患了白血病，这已是第六次化疗了。听他奶奶说，现在孩子的病好多了。这小家伙长得还结实，胖乎乎的，但白血病的特征仍很明显，皮肤煞白煞白的。在一次查房后，我听到了血液科主任和主治医生的对话，他们认为这个孩子的病比较特殊，因为病恢复得很慢，担心将来会出现反复，他们正在研究制定新的治疗方案。听到这里，我原以为这孩子病快好了的期望在倏忽间破灭了，我真为这个小家庭担心，我也被血液科医生们殚精竭虑的工作态度所感动。这家人本来是临夏和政县人，孩子的爷爷奶奶年轻时出来创业，定居在兰州市永登县城，经营一个商品零售门市，生意很好。孩子患了白血病，无异于晴天霹雳，让这个小家庭瞬间走到了绝境，他们关闭了商店，只留爷爷一人看门，全家其他成员全都住到兰州给孩子治病，他们如今已无法料理生意，唯愿孩子早日康复。天真无忧的小穆萨还不到知道自己遭难的年龄，他性格开朗，活泼可爱，每当护士来为他挂吊针的时候，他高兴得早早伸出胖乎乎的小胳膊，把自己的袖口使劲儿向上卷，护士逗他玩，他会不失时机地噘起小嘴巴，给护士阿姨一个飞吻。奶奶目不转睛地看着孙子，满眼都是怜惜和心疼，妈妈总是抱着他，在地上转来转去，爸爸看上去聪明精干，但孩子的病让他非常忧郁。他不时地看着手机上的时间，谋算着啥时到啥地方去检查，啥时去取药，啥时去取化验单，我注视着他，因他的沉重而沉重，因他的焦虑而担忧。这个孩子的化疗先于我们结束，出院时接他们的车来了，小穆萨要走了，他满大厅跑着找护士阿姨告别，也向我和爱人挥舞着小手，那告别时的情景让我的心一阵酸楚。多乖巧的孩子，为什么要过早承受疾病的折磨。爱人出院了，我们回家了，可小穆萨告别的场景总在我眼前闪过，真为这个小生命担心啊！

  第二次化疗，印象最深的是一对中年夫妻，因为相处仅两天多，也不方便多问，但他们留给我心灵的震撼却是深刻的，和我们在一起的这两天，正是妻子化疗用药的时刻，化疗药在这个病员身上的反应比较强烈，病人不但眩晕，而且呕吐得很厉害。当激烈的反应过后，病人极度疲倦，丈夫正把她抱在怀里，她却睡着了，怕妻子醒来，丈夫一个多小时一动不动，我看见丈夫满眼的泪花，可当妻子醒来时，丈夫立即擦去眼中的泪水，强作欢颜。他安顿好妻子，赶快到地上活动着早已麻木的腿脚和胳膊。丈夫好像还经营着什么生意，时不时有来电问这问那，他就会轻轻走出病房，低声和对方说话，妻子每每问丈夫电话情况，丈夫总是说："啥都好着，你安心看病。"能看得出，妻子的病让丈夫心痛，他们相濡以沫的恩爱之情，不正是人性光芒的体现吗？

  病房的另一个病人是来自甘南合作的回民老年妇女，我们住进来的时候，她正在准备出院，陪护的是四十岁左右的她的女儿。女儿办出院手续，整整跑了一个上午，到一点多了，女儿还没有回到病房，老人着急了，她在病房的走道里走来走去。我爱人看她拖着病体，人很累，让她进病房坐坐，可她目不转睛地盯着女儿走出去的那扇门，看得出，此时此刻，她已经把自己的病抛在脑后，她现在最担心的是楼上楼下奔走的女儿。到下午两点多，女儿终于拖着疲惫的身子走进病房，老母亲见女儿回来了，一把抓住女儿的手，一句话不说，两眼的泪水哗哗地流了出来，我知道，她这不是哭自己，她是太心疼女儿了。

每次住院，我都有很多感动，这感动不光是来自病员和病人亲属之间的互相关爱，也来自那些为挽救一个个生命而竭尽全力的医生和护士。医生们几次在我们所在的病房会诊，询问病人病情时那种极度负责，一丝不苟的工作态度，让我对白衣天使有了更加深刻的认识。最让人感动的是那些小护士，有时候他们的忙碌和紧张超出了我的想象。护士台上的呼叫器不停地响着，护士们总是在奔跑中汗流满面，也多亏了她们年轻，我想他们下班后走进家门的那一刻，一定累得倒头就能睡着。所有这一切，都是她们对生命的敬畏和爱惜。这时我想起为爱人住院奔走时的那些辛苦和抱怨，比起她们成年累月为生命而奔走，而流汗，我那点苦算得了什么？人只有在感动之后，才能冷静地换位思考，才能在互相关爱中找到更多同情的理由。

无须讳言，我们在这人间大爱的主旋律中，有时也能看到和听到一些不和谐的杂音，在医院这个医患接触频率极高的地方，病房之中偶尔的争执，医患之间的一时误解都是不可避免的，也有它存在的客观性和合理性。可有时你会看见个别医护人员居高临下，大声呵斥病员的场景，见到这，我总像吃了苍蝇一样恶心和难过，这几年也去过一些其他大城市的医院，总觉得我们这些医院，从管理层面到服务质量，和南方比、和东南沿海比，还是存在很大差距的。这差距不光表现在对制度的设计和执行力上，

最关键的是人的观念。就像我们省最近发生的省人社厅不愿放权，任性用权事件，我觉得这不是一个孤立事件的存在，它也许是"观念积习"长期发酵引发的结果。

出入医院的这段时间，我的灵魂似乎得到了一次净化和洗涤，衷心祝愿所有的病人走向安康，所有的家庭走向幸福。我非常感谢，感谢在兰大二院看病给了我这么多启迪和思考，给了我很多难忘的记忆。

二〇一九年十一月写于兰州

一个梦的诉说

——怀念我的启蒙老师张铭谦先生

也许是老了,瞌睡也少了,晚上尽做梦。昨天带小孙子,忙碌了一天,人感到很疲倦,可晚上仍睡不好,竟做了一个梦,仿佛又回到童年,回到了那个总让我魂牵梦绕的小学校。

转眼五十多年过去了,那个校园,校园里的老师和同学,像纪录片一样,从我脑海中缓缓流过。

一九六三年秋,八岁的我能上学了,母亲提早准备,用各色小布片精心缝缀了一个小小的书包。大饥荒刚过,从饥饿中走出的人们把粮食看得很重,但因为我第一次去学校,母亲特意烙了几个小小的白面烙馍,我背了两个,一个是我的,一个是领我上学的邻居表哥的。母亲千叮咛、万嘱咐:"走到山梁上要小心,别摔沟里了;别去山畔畔,顺着路走;到党山庄要小心,庄子里狗多,把表哥抓紧。"走出家门,已沿着对面山壕上到山顶了,母亲仍站在院边打谷场前的青杨树下目送着远去的我。头一回离开母亲到外面去,我又新奇,又害怕,母亲向我挥着手,我也回头不停地给母亲招手。这一幕,我至今记得很清楚。

翻过一座山,绕过一个沟头,沿着山间小路再走一里多,我们就到了学校。学校坐落在一个小山头上,山头的下面是几十亩大的沟台地。从山脚下东侧的斜路上去,就到学校的院子里了。学校没院墙,院边和院子下面的坡洼上是一圈又一圈的反坡,反坡地上种着一行又一行的树。院边首先是一行柳树,柳树下面是青杨树,再下面就是杏树和桃树了。校园完全被各类树木包围,走进院子,好像到了一个幽静的世外桃源。学校正面有三个窑洞,右侧靠山崖边则是一个箍窑,这是老师的办公室,办公室坐东向西,南面墙上开着两扇窗子。正面三只窑洞是教室,我们当时称东窑、中窑、西窑。门在中间,两边各开一个窗户。那个年代,我在当地见过的窑洞只有门,没窗户,第一次见到这么洋气的窑洞,我感到很好奇。进了门,窑脑立着一个木头架子,架子上是一面大而光洁的黑板。两边排列着桌凳,课桌枣红色,光鲜而整齐,每张课桌配有一条双人小条凳,也是枣红色,和课桌相应相配,特别好看。

走进校园,我被漂亮的环境吸引了,东瞅瞅,西看看,邻居表哥硬拽着我走进老师办公室,因畏生,我紧紧贴着表哥。办公室只有一个老师,四十多岁,穿一件深蓝色便衣外套,外套前面是排列得很整齐的用布条结成的扣子,看得出来,老师干净、整洁又利落。他笑吟吟地问了家长姓名,然后在报到簿上用毛笔工整地写上了我的名字。我感到很新鲜,之前家里人一直唤我乳名，从今天开始有人唤我大名了。注册完，老师亲自把我领到东窑，安排在靠黑板的第一排，这时双人课桌的另一头已经坐着一个和我年龄相仿的小男孩，老师给那个男孩叮咛："这娃叫赵汉山，和你同桌吧。"老师走了，我就这样开始了人生最初的学生生活。

我的这位启蒙老师叫张铭谦，同桌就是他的二儿子张修善。来上学之前，因为比我年长十三岁的五哥是张老师的第一批学生，五哥大楷上用红毛笔画上去的一个又一个的圆圈圈就是张老师一丝不苟批改的作业，故而我从小就知道老师的严肃和认真。慢慢和同桌熟悉了，亲近了，我从张老师管教自己孩子上再次领教了他的威严。写毛笔字的时候，老师就站在我们身后，他要求我们坐姿、运笔、一横一竖、一撇一捺都要规范。可小孩子写着写着就走神了，老师总会威严地咳一声，我们赶紧把心收回来。

随着年龄增长，对张老师的情况知道得越来越多。张老师生于一九一六年古历正月十二日，卒于二〇〇〇年二月十七日，终年八十四岁。他的一生，和我们国家那个时期大部分知识分子一样，在不同阶段经历了不同的辛酸与艰难。

张老师家境在我们那个偏僻而落后的山沟沟里还算殷实，那是前两三代人辛勤劳作的结果。张老师年少时，老人们意识到识字重要，但他们只是想让孩子认几个字，能写会算就行了。可随着读书的增多和见识的增长，张老师的求知欲越来越强烈，他不甘心只识几个字，在离家三十多里的合道镇赵台村阴台上上了两三年私塾，他想到更大更远的地方去读书，老人送他到当时甘肃省固原县城，上了固原当时最好的学校固原县立第一高等小学堂。他在这里读了七年书，于二十世纪三十年代后期从这个学校毕业。受清朝科举制度影响，当时人们还把县署高等小学堂毕业的学生称为先生，回乡后，张老师已经是我们那个地方最有学问的人了。

有文化就有梦想，从回乡的那一刻开始，张老师就为他的人生梦想而奋斗，就是这个梦想，让他付出了一生的心血。

二十世纪三十年代中期，甘肃固原东北乡一带是红军和国民党军争夺的地方，红军一九三六年西征中解放了环县，随之解放了固原东北部的车道、毛井、草庙子、二龙山、拽郭咀、沙井子等区乡，并在这里成立了固北县，一年多后固北县并入环县。张老师那时就萌生了办学堂造福桑梓的想法。因为十年的求学生涯，他看到凡是上学方便的地方，文化就发达。有学上就能增长知识，有了文化，人的眼界就宽了，认识水平就提高了。基于此，他总在思索着，谋划着，想在老家办一所小学。从二十世纪三十年代后期到四十年代末，我们的家乡一直处于战乱状态。那时兵匪遍地，民不聊生，农民整天在东躲西藏中度日，谁还有心供娃娃上学。加之那时谁家年轻人识几个字，国民党就要抓去当兵，红色政权也急需人才，故而办学堂、办教育就是一句空话。无奈中，张老师只好到固原商铺当学徒，可他这个人生性就不喜欢经商，勉强干了两年他又回到老家，和老父亲一块务农，他觉得在家务农，所学知识虽然派不上用场，但总能自食其力，为老父老母分忧。

一九四九年，全国解放了，家乡呈现出一派欣欣向荣的景象。土匪消灭了，小蟊贼也没有了，老百姓过上了安稳平静的日子。政府这时推行的一系列好政策，使广大农村和农民欢欣鼓舞。张铭谦老师看到了希望，他为当时的形势感到高兴，办教育、兴桑梓的想法又开始萌动。从一九五二年春天起，他走固原，下平凉，去环县，考察谋划着办学的路径和办法。他汲取了当时最先进的民办教育理念，用校董制征集办学用地，筹措办学资金。有了崇高的理想和信念，张老师对自己的付出从不计较，为了尽快把学校建成，他带头捐出自家的几十亩良田，捐出很大一部分建校资金，然后说服当地有名望、有积蓄的人捐资捐物，到一九五四年年底，办学的准备工作基本就绪。一九五五年春，学校的教学和办公设施全部建设到位，张老师十几年的努力终于开花结果。

这是一个全新的、高标准的民办初级小学，方圆近百里的地方，在教学设施和教学环境上，这个学校都堪称一流。一九六三年我上学时，学校已开办八个年头了，那宽敞明亮的教室，油光锃亮的桌凳，绿树成荫的校园，收藏多样的图书，仍让每一位走进学校的学子感到高兴，扑面而来的书香气息熏陶着我们。我记得最清楚的是在我上学之前见到五哥用的一个长六寸、宽四寸的桐油写字板，在这上面练字，写上可以擦掉，擦掉仍可写上，反复使用，光洁如初。这在那个纸张十分缺乏的年代，实在是一种学习用具上的革新和创造。到我上学时，有的学生还在使用这种写字板。后来我才知道，这是张老师在首届学生开学典礼时自己掏钱为五十多个学子赠送的见面礼。制作这么精致的写字板，当时费用很高，张老师那颗诲人不倦、乐于奉献的拳拳之心，几十年后仍让我们感动和震撼。

张老师的梦想是可行的，可实现这个梦想的路却是曲折的。一九四九年前后，他经历了很多的人和事，过去那些曾经出人头地、光鲜耀眼的人，一个个走向了人生的低谷，有的坐牢，有的劳改，有的甚至搭上了性命。我们那个偏僻而落后的地方，大多数人只是日出而作，日落而息，糊里糊涂，昏聩一生。知大局、识时务、有理想、有抱负的人凤毛麟角。很多人因为没有文化，只能随波逐流，自生自灭。张老师从众多的乡亲身上看到了没有文化的悲哀，也为他们的无知感到窒息，他更加坚定了办学教乡亲、文化扶桑梓的信念。

一九五五年秋，民办阳明庄初级小学开学了，看着孩子们那一双双充满稚气、充满新奇的眼睛，张老师落泪了。几十年后提起当时的情景，仍能看出一个老师对学生的那份挚爱，说起当时的心境，他就一个劲地笑，而且笑得那样开心，笑得那样灿烂。

学校办起来了，他对校名早已成竹在胸，"环县阳明庄民办小学"，一九九〇年，我和老师说起校名，他仍然不愿意多说，直到他过世，我才慢慢悟出其中的奥妙。"阳明"，王阳明也。布教，传道，王阳明是中华文化的传道者，播种者，张铭谦老师何尝不是？多年后我们才知道了张老师为学校起名的深意，才体味到他崇高的人生境界和布道授业的精神要义。

学校办起来了，但劝说儿童家长供孩子上学也是一个大课题，张老师走东家，访西家，几十天时间从不歇脚，跑遍了周围几个村的山山水水，苦口婆心动员老百姓把孩子送到学校，谁家有适龄儿童，甚至是十多岁的未成年人，谁家就留下了张老师的脚印。他还利用政府的号召力，让区、乡干部、合作社负责人参与学校管理，让他们动员孩子上学。半年工夫，近百名儿童和少年走进了阳明庄小学。据老年人回忆，当时最大的学生十七周岁，最小的只有七周岁。几十年后，车道乡的学生在县里各种考试中成绩优异，这和张老师在上一代人身上打下的烙印是分不开的。一九七七年恢复高考，全县考取七名本科生，两名就是从这所小学走出的。车道乡的杨掌、万安、朱吊梁三村七十多岁的老年人，绝大部分在这个学校读过书，老年人的脱盲率这么高，在偏僻农村实属罕见。阳明庄学校就是二十世纪五十年代文化传播的乐园，张老师就是忠实的播种者，他播下的文化火种，半个多世纪后仍在熊熊燃烧。

阳明庄小学办起来了，张老师为他在一九四九年前后推掉了很多事情感到欣慰。一个和平的、安静的、书声琅琅的校园就在他的身边，他为自己梦想的初步实现感到欣慰。他感谢共产党，把一个幸福而安宁的家园还给了人民，他曾告诉我，那个时候，是他一生中心里最敞亮的日子。

一九五八年，学校的正常教学因为政治活动太多不得不一次次被打断。今天宣传合作社,明天宣传大跃进,后天组织学生进村入户灭四害,甚至要把大一点的学生抽出去写标语,堆跃进墩。张老师感到很困惑,但为了把学校办下去,他努力给学生补课,做到误课不误学。经历了五八、五九年的大跃进,经历了六〇、六一年的大饥荒,到一九六二年,中央召开了七千人大会,务实精神又一次深入人心。那时虽然没有收音机,缺乏信息渠道,但张老师从报纸的消息中仍然看到了希望,他对自己的工作充满信心。我上学的时候,也正是张老师事业的第二个兴盛期。那时他一边教孩子,一边经营学校的各种事务。对我印象最深的是学校的小小图书室,里面藏着好多小孩子喜欢的图书,三个木头做成的大书架放得满满的。里面有读不完的故事和看不完的插图。学生每人一个借书证,有借必还,损坏赔偿。我每天都借书,放学了,五里远的回家路,我不知读过多少本小人书,从这些小人书上知道了很多历史人物和童话故事。"文革"前,阳明庄学校的图书一直管理得很好,他像一个故事的海洋,让我们尽情地畅游其中,后来我打问过,"文革"前除了县城的环城完小,很少有哪个小学有如此丰富的藏书。

张老师有个习惯,遇到学生做错了事或者听不懂课,会跺着脚说:"哎呀,你呀!"是非常生气和十分惋惜的口气,也是恨铁不成钢的口气。那几年他的教学成果丰硕,总是得到县上和公社的表扬。从阳明庄走出了很多学生,这些学生都成了当地的有用之材。

随着时间的推移，很快到了一九六六年，那年后季我刚升四年级，"文革"开始了。学校又调来两个老师，张老师已经不是负责人了，我见他总是郁郁寡欢，不多说话。到一九六七年后半年，他被当作残渣余孽清理出了教师队伍，回到生产队参加劳动，这时候他已五十多岁了，他的学生有的当了干部，有的当了教师，有的是保健员、兽医员，有的参加工作到外边去了，而我们的老师却被无情地赶下讲台。

此后好多年都没有再见到张老师，听说他回到生产队后经常被罚站，给他开批判会、斗争会。因为是运动，他的学生也参加了对他的批斗，他不但没有因为学生沾光，反而让他在劳动中备受屈辱。多年后在和我的交谈中，张老师没有对这些学生流露出丝毫抱怨，看得清楚，他对年轻的学生总是能够原谅的。他说的一句话，我至今记着："人的好坏，世道使然。"是呀，经过几十年的风雨，我也慢慢懂得，一个人变好变坏，是各种因素促成的。人的天性是自私的，一个好的制度和环境，可以鼓励好人更好，坏人变好；一个不好的制度和环境，可以使好人变坏，坏人更坏。

总之，几十年在我们这些人的生命中似乎过得很快，但对一个年轻时充满理想，一生追求梦想的人来说，失去了追梦的权力，岁月对他的摧残和折磨绝对是致命的。

一九九〇年秋，张老师已步入晚年，知道他跟着孙子来到县城，我把他接到家里，陪了老人两天，看着他依然保持着干净、整洁的生活习惯，看着他那执着而又一丝不苟的风范，我打心底里高兴。这时候张老师的头发、胡须已全白了，当年那个挺拔的腰板也佝偻了，脸上虽挂着笑容，但眼角眉梢尽是岁月带给他的忧伤和失望。他告诉我，二十世纪七十年代末，他又教了几年书，可人老了，实在无力站在讲台上了。短短两天，我们师生二人说了很多，可他心底里的一句话总没有说出口，但我能猜得出，他为了自己的梦，付出的太多了。这时候，像我一样，他的很多学生都成了国家干部，公派教师，吃的国库粮，每月有固定薪水，而他的身份仍是一个农民，仍然要靠子孙挣钱养活，他的无奈和失望让人落泪。

二〇〇〇年春，八十四岁高龄的张铭谦老师走到了人生的尽头，他去世的消息我在几个月后才知道，我不知老人家走的时候是怎样的模样，他也许是安详的，但反观他一生追梦的风雨历程，他也许有着很多委屈和惆怅。他是一个务实而寡言的人，能说什么呢？

别了，我们敬爱的张老师，但愿另一个世界只有希望，没有失望，只有和风和温情，没有批判和斗争。

改革开放以来，我们国家发生了翻天覆地的变化，环县的教育事业蒸蒸日上，硕果累累，可惜这些都来得太晚，张老师九泉有知，一定会非常高兴。我真想到他的坟前，告诉他国家为民办教育和民办退休教师出台了很多好政策。

二〇一八年十月十四日于遂宁

恰同学少年

　　昨天下午，闲来无事，在小区院子里转悠。忽然电话铃响了，接起，原来是小时的同学、玩伴党志信打来的。他问我身体咋样，血压高不高，血糖、血脂高不高？不知从啥时候开始，我们这些人见面或通话，关心的只有相互的身体了。往昔那些活蹦乱跳，想入非非的人都去哪儿了？拉了会家常，再次说起我们一起读书，一起玩耍的往事。一席话，让我一夜无眠。睡下，睡不着，小时候和志信及其他同学一起生活的那些零零碎碎，像演电影一样，一幕幕在脑海中浮现。我满地走，思绪如潮，索性拿出纸笔，把它记录下来。

　　我是一九六三年上学的，"文化大革命"开始那年，刚好十一岁，四年级。我小学和初中都是在离家五华里远的阳明庄学校读书的。一九六八年年底，由于"文化大革命"的冲击和学制改革，当时我们这一级和高一级约四十个学生大都失学回家了，后来只剩下我们七人，学校为了便于教学，便把两个年级合并。一九六九年春，我们学校毕业后正愁无处读书，阳明庄小学被上级批准，办成了"戴帽子初中"，这对我们这七个无学可上的人可是天大的好事。我们年龄最大的一九五二年生，十七岁，最小的一九五五年生，十四岁。我们就成了这个初级中学的第一届学生，由于"文革"中大学不再招生，杨掌、万安大队有几个环县一中毕业生回乡当了我们的老师，我们成了他们回乡播种知识的首批受益者。

经历了一九六六、一九六七、一九六八三年动乱，从造反、停课、写大字报、搞大批判的各种运动中走过，这时无论家长或学生，越来越认识到读书才是正路。阳明庄学校一九五五年办起来，多年来在张铭谦老师的精心教育和倡导下形成的良好教学风气，之后也逐步得到恢复。那时我们和我们的后两届同学都有极大的学习热情，贫穷偏僻的自然环境，正好成了老师们匡正学风的天然良港，蕴藏在师生中的强烈责任感和求知欲，像烈火一样在这个小而安静的校园中燃烧。从县城走出来的年轻老师们，带给了这些大山深处学子太多的新事物、新知识、新视野。我们互相调侃着学说普通话，高声朗诵毛主席的《沁园春·雪》和《沁园春·长沙》，七个人并排站在学校前边的沟畔上大声朗读："恰同学少年，风华正茂；书生意气，挥斥方遒。指点江山，激扬文字，粪土当年万户侯……"我们的吼声震得沟对面的崖洼洼呼呼作响。我们不再害羞，开始学唱革命样板戏，学杨掌林场分配的兰州知青的样子，穿着各自的烂皮袄，跳起"草原上升起不落的太阳"。

我们开始对音乐感兴趣，吹笛子、拉二胡、拉板胡，甚至爱上了小提琴。我们这时才知道，体育比赛还有个奥运会，没有乒乓球桌，我们七人正好有四张课桌，拼在一起就是。没有球网和球拍，我们把一块长方形木板横在课桌中间，每个人手中的硬皮笔记本就是球拍。下课铃响了，老师刚走出教室的那一瞬，四张桌子被飞也似的拼到一起，激烈的乒乓球比赛开始了，有单打，也有双打。我们没有见过排球，但是我们从回乡老师那里知道了排球的竞技规则。因为我们班人少，黑板正好放在教室中间，我们把黑板稍作挪动，就腾出了排球场，立在木架上的黑板是排球网，用烂布条缝的板擦就是排球，打到激烈处，满教室飞扬着粉笔尘沫，甚至老师已走进教室，战争的硝烟仍然没有散去。好在我们的语文老师、班主任王化民是一个非常温和、非常爱学生的仁厚长者，他看着满屋子的飞尘和满脸流汗的学生，微笑着，第一句话总是："同学们安静点，现在开始上课。"他从来不因我们把教室闹腾的乌烟瘴气而发脾气，他甚至非常理解我们这个年龄青春激扬的一些荒唐行为。王老师讲课非常投入，两三分钟就能把学生的心收拢起来。他讲语文课绘声绘色，引人入胜，讲者得意，听者忘形。我们有时会不由自主跟着老师同声吆喝，那种氛围，至今仍让我们记忆犹新。

音乐和常识任课老师是张崇谦，他是六六级环县一中高中毕业生，他知识全面，如果不是"文革"停止高考，他一定会考上一个好大学，他也就不会成为我们的代课老师。现在想来，我们也够幸运的，在阳明庄能遇上那么多好老师。他给我们上音乐课，一下子就改变了过去的教学方法。老师一句一句教，学生一句一句学，每学期学两三首歌，这就是音乐课的全部课程，而崇谦老师的第一堂课我记得太清楚了。他走进教室，立刻在黑板上写上1、2、3、4、5、6、7七个阿拉伯数字，大声问我们，这个怎么读？我们朗声回答，一、二、三、四、五、六、七，他哈哈大笑，然后又严肃地说："同学们，这是音乐课，不是算术课，这七个阿拉伯数字，在音乐简谱上读哆、来、咪、发、唆、拉、西。"张老师从乐理知识给我们讲起，迅速为我们打开了一扇通向音乐殿堂的大门，不到一学期，我们七个人中有六个人掌握了简谱的读谱要领。张老师的仿宋体写得非常好，他用蜡版刻印了好几十首歌曲，装订成册让我们自学，我们就成了周围几十里传唱革命歌曲的积极传播者。我们不但会唱很多毛主席语录歌，毛主席诗词歌，还会唱《老房东查铺》《看见你们格外亲》《马儿啊，你慢些走》《长征组歌》等当年最优美的歌曲，每一首歌都让我们激情澎湃。

那时我们师生会经常坐在一起，崇谦老师的小提琴，甄志俭老师的板胡，我们有的拉二胡，有的吹笛子，每周都有一两次，这也许就是当年山沟沟里的音乐沙龙吧！

甄志俭老师的物理课，段世杰老师的算术课，张鸿儒老师的语文课和政治课都讲得非常好，可惜那时没有正儿八经的教材，讲课时老师都是自备教材，然后写在黑板上，我们再照抄在笔记本上。由于条件限制，现在看来好像那时所学的知识欠缺太大，但在那个时代、那个环境，我们的老师已经非常尽心了。记得王化民老师讲语文没课本，他就用自己在虎洞读书时的教材讲，他给我们讲了很多古文，讲毛主席诗词、讲鲁迅《呐喊》和《彷徨》中的部分内容。他总是要求我们多读书，读好书。可是那个时候，因为反对封资修和经济大扫除，很多人家里的藏书都被没收或烧掉了，找书看实在不容易。在他的启发下，我还是想办法借了一套一九五二年人民文学出版社出版的精装《红楼梦》，尽管年龄小，识字有限，读书只是看情节，看热闹，囫囵吞枣，但小孩子记忆好，那些容易记下的小说片段和诗文，我仍能部分背诵下来。为了读书，我们把周围能借来的书都借来互相传阅着。那一段时间，我就读了现代作家的很多作品：《红旗谱》《创业史》《红岩》《红日》《青春之歌》《风云初记》《林海雪原》《苦菜花》《野火春风斗古城》。那时年幼单纯，我总是和小说中的人物同悲喜，经常为那些优秀和先进人物的牺牲和受难而流泪。遗憾的是，那时我们那一方土地上，人们根本见不上外国文学书籍。那时既有紧张而活跃的学习生活，也有繁重而快乐的体力劳动。我们经常在老师的带领下帮助附近生产队锄草，搞秋收。因为学校是民办，张铭谦老师创办时引进的校董制，因当时当地还没有合作化，校舍和校田大都是校董们筹措和捐赠的，学校有好几十亩地，我们就在这些捐赠的校田里学习农活。学校下面的沟台地上有个十多亩大的校园子，张老师像呵护孩子一样精心管理着这个园子。一九六三年我上学时，园子里已经栽种了很多果树，有核桃、李子、桃、梨、棉果子，还有几架葡萄树。在果树和蔬菜中间，还种着很多花，有牡丹、芍药、月季、菊花、梅花，每到鲜花盛开的季节，满园子姹紫嫣红，煞是好看，园子外面都能嗅到阵阵香味。"文化大革命"开始后，张铭谦老师被当作牛鬼蛇神赶下了讲台，甚至不许他教书，学校和校园的管理完全荒废。园子里杂草丛生，破坏很厉害。一九六八年冬，学校的教育教学秩序有了一些好转。六九年春，老师们决定给园子筑起围墙，以利保护，我们是高年级学生，故而筑墙任务就历史性地落在了我们和我们下一级的同学身上，十几亩园子，围墙走一圈近百丈，为管理效果好，老师要求围墙必须筑够七尺高。每周三、六两个下午都轮流筑墙，一个学期时间，我们总算完成了筑墙任务，看着大家的劳动成果，老师和同学们都很有成就感。

我们的生活是丰富多彩的。我们经常相约一起去杨掌逛商店，到林二师所属的杨掌林场去演节目，也听林场职工和城里来的知青讲故事，听他们用普通话朗读毛主席诗词。我们也背着家长，扛起铁锹上高雁山梁上去义务造林，我们也到学校下面的河沟里筑小坝，学游泳，捉泥鳅。在堡子掌的烂窑外面野炊（烧土豆），我们多次密谋集体步行一趟二百里外的县城开开眼界，苦于筹措不到住店钱而未能成行。

两年的初中生活很快就过去了，在"文革"时，我们有了阳明庄学校这个世外桃源，几届学子都能安安静静地吮吸知识的乳汁，到二十世纪七十年代，学校培养出来的学生陆续走向社会，因为学习基础好，很多同学都走上了工作岗位，有的当工人，有的当干部，有的当兵，有的上大学。七七年恢复高考，恢复后第一届，环县考上七个本科生，其中两个就是这个山沟学校里走出来的。现在想起来，我们真的非常感谢那一方校园，那一片蓝天，那些充满了爱心的老师们。

去年夏天我从四川回老家，在车道街上又遇到了三个初中同学，我们坐在余登元同学值班的兽医站的药房里，互相端详着对方满头白发和满脸沧桑的模样，都十分感慨这几十年的坎坎坷坷，风风雨雨。我们七人，三人初中毕业就辍学了，四人考上了高中。后来五个同学当上了民办教师，其中我们班年龄最大的，也是我们的老班长，回到万安大队后当了一名社请教师，教学之余，办起了全县第一个大队有线广播站，每晚新闻联播结束，他就会在大队有线广播网上播送万安新闻，表扬好人好事，宣传农业学大寨中涌现出的先进典型。有时还写播一些短小的时事评论，广播站办得有声有色，在全县引起轰动。他很快被吸收到公社当了脱产干部，不到半年，又被县委选为环县共青团委副书记。还有一个稍微年长的同学被公社分配到距家三十里开外的安掌大队胡台小学任教，他的勤奋很快得到学区肯定，被选拔到公社当了干部，一步步走上了领导岗位。和我同龄的党志信，回乡劳动表现好，当上了供销社的营业员，后来在芦湾供销社主任的岗位上退休。初中毕业后到固原王洼中学上高中的高贤君，也当了一名社请教师，二十世纪八十年代末转为公派教师，二〇一五年退休。和我同村的余登元，在黄羊镇上了畜牧学校，成了车道毛井最受欢迎的兽医员，在这个岗位上一直干到退休。唯一没有工作的同学是党志全，他学生时代特别认真，写得一手很好的毛笔字，可惜他性格内向，一度患病，生活过得很艰辛，但近些年好多了，乡村给他用危旧房改造项目盖了新房，评为特困户，每月有了一定的生活补贴，如今他的生活步入正常，逢人就夸党的政策好。

转眼几十年过去了，我们都过上了复杂而又简单的老年生活，想起那些年少时的往事，大家都认为赶上了一个好时代，都希望在晚年仍能做一个对社会有用的人，有一分光，发一分热，不要辜负了这个伟大的时代。

别了，我们的同学少年；别了，我们的青春年华。让我们在晚年仍能张开双臂，拥抱这个蓝天下的每一缕阳光。

二〇一九年九月三日于兰州

一个学生的记忆

二〇一七年冬,身在异乡,每到夜深人静,总是把几十年前的过往,反复从记忆深处捞起:一件件事,一个个人,都感到格外亲近,格外亲切。感谢这些离乡的时光,让我体会到了思念是个啥滋味。拿起手机,总喜欢翻看故乡环县的圈子,忽然,在一个环县一中老师的微信中看到了年轻时非常敬慕的老师的随笔《东老爷山赋》,生动的描写,流畅的叙述,老道而辛辣的议论,让我十分敬佩,其中一些观点,我非常赞同。文章的字字句句都撞击着我的心,我既沉醉于其文字的优美,又陶乐于其思想的深邃,这篇文章的作者,就是环县一中退休老校长万治中先生。

我在万老师跟前求学,前后有两次,中间相隔十二年,合并起来约一个学年。

一九七二年秋,十七岁的我,作为车道公社选送到县红专学校培训班的一员,有幸在师训班里学了一个学期。我一九七一年春当社请教师(也叫民办教师),一年半的教师生涯,让我这个

"文革"中的初中学生深切体会到没有知识的可怜和困惑，接到公社通知的那一瞬，兴奋的心情难以言表，我拿着通知，赶快去向大队领导汇报，可大队领导一口回绝："你教师当得好好的，进修啥，你走了课谁带？"我碰了一鼻子灰，整整一晚上没睡着觉。第二天早晨，天不亮就起床，找到了还在家的老支书，我诚实而惶恐地向他诉说了自己知识的浅薄和进修的必要，快到吃中午饭时，老书记终于答应了我的请求，我疯了一样一口气跑回学校，赶快收拾行囊，暗下决心，一定要抓住这一个学期的学习机会，好好充实自己。

师训班如期开学。当时的师训班是红专学校三个培训班之一，记得还有一个农机班，一个农技班。因为"文革"中大讲又红又专，所以县委党校也改成了红专学校，校长改称校革委会主任，学校就在环县老城环城完小的隔壁。培训班老师也是从各行业中抽调来的专业人才。师训班三位老师分别是语文老师万治中、数学老师李满清，来自环县一中；数学老师吴耀鑫来自环城小学。师训班四十个学员，有十个左右是公派教师，其余都是社请教师。班里年龄差距较大，最小的是山城公社的曹志川，南湫公社的何柱军和车道公社的我，我们三人都是十七岁，最大的学员已过三十岁，文化程度也参差不齐，有初中、高中、中专，有几个还是小学文化。

报到的第二天早晨，在学校操场上举行了简短的开学仪式。因三个培训班互无关联，因而开学典礼只有校革委会主任袁文举、副主任梁长英讲话。袁文举过去当过县委宣传部长，对教育行业还算熟悉，他把各班老师一一作了介绍，因为我是第一次来县城，好奇而又新鲜的感觉紧紧抓住了我那颗年轻的心。当袁主任介绍师训班老师时，我目不转睛地看着，袁主任一句话我至今记得："来了就好好学，不要以为你们也是老师，这几位老师都是大学生，是咱们环县最有文化的人！"他特别提到万治中老师，说他是我们的语文老师兼班主任，我当时站在后排，个头小，赶快踮起脚尖，看到了万老师那张年轻而又严肃的面孔。

我们的第一堂课就由万老师上。那时党校的校舍有两排，四栋，八个教室，都是五十年代由南方工匠设计和修建的，高大，结实。灰色的屋瓦，雪白的墙壁，深蓝色门窗，枣红色桌凳，这一切在我这个来自边远偏僻的农村娃看来，已经非常富丽堂皇了，可听那些公派教师议论，他们还认为培训班条件不好。我个头小，坐在教室的第一排，至今清楚地记得万老师走进教室的那个瞬间。他上身穿灰色便衣外套，脖子上一前一后围一个灰色围巾，近视镜后面是一双睿智、冷峻而又明亮的眼睛。他大步走进教室，走上讲台，然后是二三分钟的沉默，沉默中他环视了一下教室里这些有老有少、有高有低、土里土气的学生，然后转过身去，在黑板上写下"万治中"三个字，万老师的粉笔字苍劲有力，潇洒舒展。俗话说，字如其人。看着这几个字，看着他那沉默而又严肃的面孔，我心中有了几分敬畏。

第一节课首先是选班干部，然后搞语文知识测验，这也许就是为了摸一下学员的文化底子。大家刚来，都比较生，但不知怎么一下子就选出了班长和副班长，班长是来自小南沟公社的赵应孝，副班长好像是来自甜水公社的冯光耀。然后由两个班干部分发早已油印好的测验试卷。我胆小，心里悬悬的，就害怕成绩太差，培训班把我打发回去，那可就是了不得的事了。可到第二天公布成绩，我的语文测试考了第一名，悬着的心落地了，心里窃喜又怕别人看出，一直不敢抬头正视讲台。我心里也想，这么多人，还有很多公派教师，考出这样的成绩，说明我们的小学教师队伍整体文化水平确实不高。

开始上课了，万老师慢条斯理、不苟言笑的形象，让我马上联想起了上初中时读过的杨沫写的长篇小说《青春之歌》中那个地下共产党员卢嘉川。现在想来也觉奇怪，看见万老师那严肃、严谨而又热心事业的形象，我总觉得他和那个身处险境却泰然处之、积极工作的卢嘉川很像。万老师讲课，语言简练，明了，听了总让人感到提神。他从小学低年级的课程讲起，循序渐进，环环相扣，逐步深入。第一节课是汉语拼音，他在黑板上列出声母表、韵母表，要求学员一星期内熟练背诵。这样一来，有的同学议论起来，特别是一些年长的和公派教师，他们说："我们教了几十年小学了，汉语拼音年年给学生教，现在万老师怎么给我们讲这个？这不是耽误时间吗？"万老师也许听到了这些议论，可他不理会，仍按原有的教学计划推进。他一如既往地严肃，一如既往地一丝不苟，用抽查的办法盯着每一个学员必须记会记熟。背熟声母韵母表后，万老师开始讲声母韵母的作用和构成，校正学员读音，力求学员真正掌握各种发声，特别是舌尖音、舌中音的区别，讲什么是呼读法，什么是拼读法。学着学着，学员们不议论了，大家越来越认识到重学汉语拼音的必要性和重要性。在此之前，我对前鼻音、后鼻音根本不能区分，在教学中总是糊里糊涂，后来想，此前的我真是以其昏昏，使人昭昭，误人子弟。我一直记着小时候坐在教室外的柳荫下，仰望着蓝天，背诵"起音高高一路平，由低往高向上升，先降然后再扬起，高处降到最低层"的情景，那时我们从老师到学生，谁也没有掌握四声，也没进行过认真训练，所以对普通话一窍不通。正是在万老师的训练下，我们班的大部分同学才开始四声和普通话的训练。

万老师的课一节跟着一节，一环紧扣一环，越往后我们越感到自己知识的贫乏和浅薄，每一堂课下来，我总有种意犹未尽的感觉。我深切体会到是万老师给我们打开了一扇小学语文教学的大门，但这扇大门里面的庭院是那样的幽深，那样的神秘。

学完汉语拼音以后，万老师给我们讲汉字，从汉字的由来、汉字的演化到汉字的结构。这时我们才知道了什么是象形字，什么是意会字。万老师还讲了文字简化的必要性和中国汉字改革的发展趋势，紧接着给我们系统讲解了语法和修辞知识，我这时才懂得和学会审视自己的文字和语言，才知道自己过去对句子的成分是何等的无知，过去总觉得说过的话缺一点什么，直到这时才知道句子成分缺失的可笑和可悲。看得出来,大部分学员都进入了较好的学习状态,大家如饥似渴地吮吸着知识的乳汁。我还看到,有少部分学员,特别是个别公派教师,始终是一种敷衍和应付差事的态度,他们因有了一个较为牢靠的职业饭碗,已不再希望提升和进取,因为都是老师,学校也只是在大会上说说而已,这时我就想,懒惰也许是人的本能,当一个人有了较为安逸的地位和生活,他就可能没有了前进的动力。人聪明不聪明固然重要,关键是要有一种动力,有了动力,才能永远保持一颗进取的心。

后半学期,万老师明显有了时间不够用的紧迫,他抓紧给我们讲了小学语文课本中的范文,这些启发式的教学方法和扎实的小学语文基础知识,让我在以后两年的小学教学中受益匪浅,现在回想起来,包括我还有我后来教过的那些学生,实际都在享用着万老师周公吐哺般的恩惠。

有一天中午,万老师到教室门口喊我,我赶快出去,他微笑着让我和他一起去写标语,我很乐意,这也是我唯一一次单独和万老师相处。他抱着几个扫帚一样的大排笔,我拎着半桶白灰水,到了大门外,他用米尺丈量了一下已经用泥巴抹过的土墙墙皮,开始用排笔蘸着白灰水写起来,此前我在车道公社也见人写标语,那可是用米尺打成格,一个字一个字描到上面,再涂上白灰。挥着大排笔一次写就一人高的大字,我还是第一次看到,我一边用墨汁描着这些仿宋体的倒影,一边暗自感叹万老师的多才,心里真为认识这样一位好老师而高兴。

一个学期很快就结束了，因为时间紧迫和学习任务繁重，我没有上过几次街，到期末，由于我学习成绩好，我看到了万老师赞许的目光，心里也非常高兴。我当时想，如果有机会再听听万老师的课该多好啊！

真是天公作美，十二年后的一九八四年，甘肃电大党政干部专修班在环县录取了二十名学员，而且要求学员全脱产学习两年。因为考取的都是环县各单位的文秘人员，县上对这批学员很重视，为环县争取了一个教学班，学习地点就设在县委党校。我们班聘请了好几个辅导老师，万老师就是我们现代汉语和形式逻辑的辅导老师。相隔十二年，又能聆听万老师的教导，我非常高兴。见到万老师，我心里有了几分酸楚，这时他头上已有了些许白发，岁月在他脸上刻了一些皱纹，然而他还是过去那个慢条斯理、文质彬彬的样子。讲起现代汉语，他旁征博引，侃侃而谈，如数家珍。他给我们讲了汉字的构造、汉字的发展，讲了很多语言方面的典故，我们每一堂课都如沐春风，听得如痴如醉，同学们都惊叹于万老师的博学和多才。形式逻辑课，一开始看教材，我们都感到十分枯燥，可自从听了万老师的辅导，大家都深深爱上了这门课程，他为我们打开了一扇思维的大门，为我们开启了一个科学思维的新世界，让我们欣赏到了很多充满人类智慧的经验总结。我们都深深懂得，没有万老师辅导，这一门课也许就囫囵吞枣，走了过程，哪里会有如此好的学习效果，我忽然联想到十多年前万老师给我们讲的语法和修辞知识，这些知识只有在逻辑思维中才能得到总结和升华，我遗憾这门课程如果在那个时候学，也许达不到现在的水平，但他对我们的小学语文教学一定会很有帮助。我对万老师语文功底的扎实、思维的缜密、思考的深邃、思想的新颖有了进一步的了解，我们都说："环县几十届学子，能有万老师这样的好老师，真是幸运。"

去年秋天，我从四川回到兰州，一个偶然的机会，在友人的微信中看到了万老师养老在家栽花种草、品茶吟颂的很多赋闲诗词，从这些诗词中能感受到他超凡脱俗的胸襟，爱国忧民的情怀，字里行间渗透着一个老年知识分子的思考和担当，我赶快加了他的微信。每天早晨醒来打开手机的时候，总先在朋友圈里寻找和浏览万老师的新作。他那些词作中深深的思考，悠悠的感伤和触人心弦的描写，总让我击掌叹服，从这些词作中，我仍能吮吸到很多知识的营养。

岁月如梭，不知不觉，几十年时间从我们身边悄悄流逝。我早已退休，也过了耳顺之年，一个人坐着坐着，就想起了人生路上那些难忘的师长和朋友，我想如果没有和万老师的两次相遇，我的人生境界可能就不是现在的样子，他带给了我很多思考的新方法，教会了我很多学习知识的本领，让我树立了终身学习的理念。老了闲了，静静地回味着大半生走过的路，我真感谢包括万老师在内的很多师长和朋友，因为有了他们，才让我的晚年如此静美。

二〇一七年十二月写于四川遂宁，二〇一九年十二月修改

五哥

五哥于二〇一三年五月去世，转眼已有六年。前一阵，我从四川回到环县，又回了趟老家，想起五哥，就到五哥的家——柳树壕壕看了一下，只见满院蒿草差不多有一人高，崖面因风雨剥蚀，残破不堪，门户紧锁，看来已有很长时间没人来过了。看着这满目荒凉的地方，想起五哥在世，孩子们热热闹闹的那些岁月，我的心一阵子悲凉。

五哥是我们村最早的教书匠，也是方圆数得着的文化人，当民办教师三十多年，在原车道公社的很多小学教书育人，在我的生命中，五哥是除了母亲外少有的几个对我成长有影响的人之一，可以说我的童年和少年是在五哥的影子里度过的。从我朦胧记事到小学毕业，五哥的启蒙如影随形，我至今还记得那些点点滴滴。

我一九五五年出生，父亲在我出生的当年就离开了人世，我是母亲一人含辛茹苦拉扯大的，当然几个哥哥在我的成长中多有

关爱，五哥去世了，想起五哥为我的成长付出的心血，我至今仍感慨不已。

一九五八年，我已三岁了，那时的事隐约有所记忆。记得那时大办食堂，全生产队的公共食堂就选在我家。全家仅有的三只窑洞全被食堂占用，左边那孔窑洞是我们的厨房，我们的土话叫家里，中间那孔小窑洞，我们称碎窑，最右边的那孔客窑我们叫大窑。食堂是如何选在我家的，如何办起来的，我已没有丝毫记忆，只记得大窑成了食堂的餐厅，五哥和另一个村民在布置餐厅。我家的大窑是环县老式的那种，有一副很像样的双扇门，门洞很深，没有窗户，只有门上面的窗眼，有五六丈深，进门感觉光线很暗，从门口到窑脑，依次排着三张两寸厚的老式木头方桌，全是净面，没有油漆，凳子是木头做的长条板凳，农村早年坐席用的那种。五哥一丝不苟地在餐厅两边的窑壁上贴了四幅连环画。左边是《穆桂英挂帅》和《孙悟空三打白骨精》，右边是《三打祝家庄》和《孔明借箭》。记得最清的是五哥每有闲暇就给我讲这些连环画上的故事，这四幅连环画上的知识是我走出混沌世界的启蒙教育，我现在都能记起那四幅画上一个个栩栩如生的人物，这些故事让我对历史英雄和神话传说充满了好奇。稍大点儿，刚结了婚的五哥又在他住的窑洞里贴着《荔枝蜜》和《白蛇传》两幅连环画，直到老了赋闲了，我才细细回味，体会到五哥年轻时对生活充满美好向往的那种心境。我的童年就是在五哥讲的一个又一个故事中度过的，是在这些故事的感染下走向少年的。

到了一九六二年，我们全家从严重的饥荒中死里逃生。劫难过后，我六岁多了，开始认字和读书了，大窑土炕的炕墙和炕上面的窑壁上，是母亲细心地用五哥写过的大楷纸裱糊的壁纸，整齐划一，煞是好看，特别是黑色的方块字上面留着一个个红圆圈，让人觉得黑红分明，十分鲜艳。这时母亲会不失时机地告诉我，五哥在学校不但学习好，字也写得好，你看老师给他的大楷批了多少红圈圈，凡是吃上红圈的字，就算是写得好的，你长大要像五哥一样当个好学生。这些激励的话打小就刻在我的心里，母亲的眼光是慈祥的，话语是温暖的，我想五哥小时候也一定聆听过母亲同样的教诲，也一定在为一个光鲜的未来奋斗着。

命运之神并不完全眷顾那些努力的人，两件事情击毁了五哥的未来梦：一件是在他上小学三年级的时候，暑假里为了给家里积攒柴火，带着板镢上山挖枣刺，不幸被枣刺刺伤了眼睛，由于当时缺医少药，眼睛发炎化脓致使一只眼睛失明，这给五哥这个对未来充满憧憬的少年致命一击，从此过分自卑的心理左右了他的一生；第二件事是一九六〇年的大饥荒，他眼病好了以后是张铭谦老师说服他重新走进学校，可到一九六一年春刚上了虎洞初中的他，又因饥饿离开了学校，我都无法想象学习优秀的五哥有多么无奈和悲怆，他失学了，回家了，从此告别了从课堂和老师那里获得知识的机会，这对于好学上进的五哥来说，是人生路上的一次灾难。

五哥一九六一年辍学，一九六二年开始当民办教师，这一当就是三十多年。他先后在高台子村学、吊渠小西掌村学、赵掌村学、阳明庄小学、万安小学任教，一九七三年到一九七五年，我有幸和五哥在同一所小学——万安小学教书，这时年轻的我才真正对五哥小学阶段的教育教学方法有了一定的了解，记得当时的万安小学有五个年级，学生约一百五十人，分三个教学班，五哥善于和孩子们交流，五个年级的学生都希望他当班主任，特别是他由浅入深、简洁直白的授课风格感染着每一个学生，孩子们都喜欢他。直到十二三岁时，五哥把培养我吃苦耐劳的习惯看得很重，也许他看出了我个性中的拈轻怕重，大约是一九六七年冬天吧，五哥打听到他的岳父家，镇原县殷家城公社李园子大队要来县文工团搞慰问演出，就带着我步行四十多里路去李园子，为了让我得到锻炼，他带着我走了一条非常陡峭崎岖的山路。当走到糊涂湾下面的深沟时，只能从沟底看到一线天，我很害怕也很累，他用手拖着我，不停地鼓励我，边走边讲一些古人吃苦耐劳的例子，等到走出沟口，天已完全黑了，到了五哥岳父家已是吃晚饭的时候，五嫂的母亲抱怨女婿走得太晚，路太危险，记得五哥说我想让小弟锻炼锻炼。

也就是这次李园子之行，我在无意中增长了见识，因当时文化落后，我读到四年级了还不知道普通话为何物，老师给我们授课也全是当地方言，我没有听人讲过普通话。演出前有一个文工团小团员给我们教唱毛主席语录歌，他用的是普通话，歌词是"在工人阶级内部，没有根本的利害冲突；在无产阶级专政下的工人阶级内部，更没有理由一定要分裂成为誓不两立的两大派组织"。其中"内部"普通话是"neibu"，而我们的方言是"kuipu"；没有的"没"普通话读"mei"，而方言读"mo"，无产阶级的"产"，普通话读"chan"，而方言读"can"。我一边学唱一边充满疑问，演出结束后，我迫不及待地问五哥，五哥笑着告诉我，不是人家读错，是我们方言读音不标准，我们今后要改说普通话，我这时才如梦方醒，原来我们说话还有个普通话和土话的区别。

一九六六年冬，"文化大革命"开展到了我们万安大队，有一天召开全大队社员大会，成立红卫兵组织，而且把我作为学生代表也选到了筹备委员会中。这天来了很多人，大会在大队部有一个小舞台的大窑洞里召开，舞台上面写着"万安大队红卫兵组织成立筹备大会"，中间挂着一张很大的毛泽东主席像，像的两侧是一副对联，上联是"墙上芦苇，头重脚轻根底浅"，下联是"山间竹笋，嘴尖皮厚腹中空"。五哥一进会场就有些吃惊地告诉我，这是毛主席批评人的两句话，怎能挂到毛主席像两侧。他转到会议负责人跟前，委婉地讲了他的看法，不料这个负责人把脸一吊说："毛主席著作中找的话，有啥错！"五哥什么也没说，走出了会场，这副对联我记着好像挂了一年多。现在回想起来，当时农民的文化水平太低了，闹了这么大的笑话还无人察觉，在当时那个环境下，如果揪住此事不放，会议负责人和挂对联的人一定会被打成现行反革命，不知要闹出多大的政治风波。

到了二十世纪八十年代中期，由于农村实行联产承包和分田到户，家里有劳力的农户，光景一年比一年好，而当时民办教师的薪水仍然是每月十多元钱，实在不能养家糊口，五哥终于未能坚持得住，辞去了老师工作，务农了，这样又过了三四年，因为赵掌生产队人口多，又办了一所三年制小学，没人选，村上动员五哥重操旧业，一直到九十年代中期，因为他的教师职业中断，民办教师转公派教师的机会错过了，他抱着终身的遗憾，告别了学校，告别了讲坛。

二〇〇〇年后，五哥的身体日渐衰弱，患上了严重的肺结核，由于查出来太晚，他的肺病终于没有看好，几十年讲台的粉末污染和其他一些原因，五哥被肺病缠绕了差不多十年，二〇一三年古历五月，五哥撒手人寰，到死他仍然念叨着民办教师的生活补贴。后来有了好政策，可五哥却去了另一个世界，想起五哥这一生的苦命，我每每一个人偷偷落泪。为五哥，也为和五哥同样没有赶上好政策的许多民办教师。

母亲的小箩筐

　　今年端午节，告别住了两年多的四川遂宁，我马不停蹄直接回到老家，两年多的时光对我来说好像已经过了好多年了，思念故土让我觉得日子特长。记得赴川前回老家和两个年过八旬的哥哥辞行，还真有点生离死别的感觉。两年前我已六十二岁，三哥八十三岁，四哥八十岁，他们的身体都不太好。心中那份难舍让我们兄弟都落了泪，若不是刚出生的孙子这份骨肉责任，我是决不会老来下四川的。

　　从离开车道街道奔向老家的那一刻开始，我的眼睛都不愿眨一下。蓝天白云，满目青翠的大山，山梁上被风掀起波浪的小草，沟沟洼洼草丛中绽放的小花，偶尔从车前跑过的小兔和野鸡，这一切都能勾起我很多儿时的回忆。这时我强烈地感觉到，缕缕乡愁总是萦绕于怀，自己确实是老了。

　　因为是柏油路，二十五千米路程，半个小时就到了。在走到赵掌地盘的那一刻，我鼻腔中有了阵阵酸楚。老家，对于一个年过花甲又远离故土的游子来说，心中真有点五味杂陈，年轻时总想出门，而且想出远门，想走到远处看看外面的世界，而如今却总是牵挂着老家，牵挂着乡里乡亲。两位哥哥，他们虽大不如前，但身子骨还算可以，这就把心中的惦念放下了许多。吃完了老家的酸汤臊子面，忽然想看一下小时候和母亲住过的那孔窑洞。从一九八三年把家搬到县城，三十多年来我很少再走进这个屋了。

稍事休息，就和三哥一起走向我家曾经的小院。这里蒿草满目，通往窑门口的路被黄蒿和冰草占领。原有的三孔窑洞，一孔已崩塌，其他两孔的门脸也破烂不堪，崖面满是水冲的坑坑洼洼，崖壁上长满青苔。我和母亲住过的窑洞上安的木门，一九八三年我们走的时候还很结实，可现在已被岁月的风雨折磨得像个遍体鳞伤的老者，门板之间的缝隙能插进人的一只手。走近门，窑洞里显得阴暗而狭窄。这可和记忆中那个温馨的家有着很大的差异，那时我总感觉到她既宽敞，又温暖，而现在却是异常的狭小而冰冷。

从门口走到窑脑，又从窑脑走到门口，我在尽力搜寻着往昔的味道，因为它承载着我幼年、童年和青年时的很多痛苦与欢乐，那时我像一只小船，这里就是我在颠簸后恬息的宁静港湾。那时我像一只四处奔跑的小羊，这里就是我梦中那绿草如茵的家园。记得小时候有个头疼脑热，我就会静静地躺在这个土炕上，母亲总是盘腿坐在我身边，老人家是小脚，人又很瘦弱单薄，她总喜欢把一只脚搁在另一只脚的上面，或做针线，或捻线，或拣菜，口中哼着不知名的小曲，这时候土炕热乎乎的，散发着暖暖的气息。我一边拉着母亲的手，一边望着窑顶出神，窑顶部那个工字型的摆桩（黄土高原上用来巩固窑洞顶部而特制的木头架子）被经年累月的烟熏得黑乎乎的，摆桩的下沿贴着历年阴阳念经安顿地方时画的镇宅符。符画上有一层土，吊着长长的灰吊吊，我这时会展开想象的翅膀，希望能顺着灰吊吊跑到摆桩上去，像传说中的孙猴子。

一九七五年春，我被县文教局抽派到庆阳师范学习音乐。当时是"文革"后期，西北师范大学教授曾宪恩开门办学，带着一批学生来到庆阳师范，给我们这些小学教员教音乐常识，因学习紧张，上课期间还没怎么想家，可一到暑假放学，我就恨不能一步跑回老家去。我和车道中学的苗志智老师从环县步行往回赶，早晨四点动身，中午十二点就到了虎洞。因苗老师家在虎洞，他也劝我休息一晚上，可我归心似箭，吃了点饭，下午一点又背起行囊上路了。等到赶回我家的山顶上，太阳已经落山，我累极了，一屁股坐下去，却无论如何都站不起来了，就连滚带爬回到了家。回家后整整三天不能动，母亲为我端吃端喝。就是这个家，这个土炕，那时总让我魂牵梦绕。

我呆呆地站在炕边上，炕上什么也没有，只有厚厚的一层尘土，从挨着栏杆的炕角上看上去，我忽然就看见了挂在墙上的一只小箩筐，很小，也就比大人的拳头大一点吧。静静地挂在那里，尘土已让暗红色的柳条变成了灰白。我赶紧爬上炕，想取下它，忽然又感到不忍,伸出的手又缩了回来。再细看筐里,空空如也。是呀,在母亲去世,爱人和孩子留守老家的那几年,小箩筐已失去了母亲在世时的功能,只作为母亲的遗物象征性的挂在那里,我们全家谁也不忍心扔掉它。有它在,好像母亲就在;它在那挂着,我想母亲也许是出远门了,看见它,我和妻子就总能不时地想起母亲在世时的那些点点滴滴。

母亲的小箩筐在那个地方究竟挂了多少年?也许几十年,也许近百年,反正从我记事到现在已经六十多年了。我小时候那个小箩筐就挂在那里,因为它是用红色柳条编的,呈枣红色,到母亲去世,它的颜色已成暗红了。可惜我不曾问清小箩筐的出生年月,来自何方?

小时候家里很穷,很苦,尽管窑洞的炕对面也放着一张茶桌,一张柜子,但那只是往昔温饱日子的一种象征。到我记事时,家里总是吃了上顿没下顿。那两件像样的家具也许是爷爷理事时的成就,那个茶桌实际是烧茶用的,四方形,中间镂空,上面搁一个铜脸盆,烧茶时盆里盛上木炭。炭火上有一个四条腿的铜圈,再上面是茶壶,挨着茶桌就是柜子了。柜子上面是两个很精致的抽屉,下面是搁放各种家具和食物的双开门小柜。柜子和茶桌明显出自同一个匠人之手,因为那些铜制的把手以及上面雕刻的花鸟图像都非常相似,不同的只是颜色。茶桌是墨绿色,柜子是棕红色,我小时候这茶桌和柜子已不能上锁了,抽屉的锁扣和把手已残缺不全,母亲就把挂起来的小箩筐挂到孩子们够不着的地方,这就算老人家的密室吧。

那时候母亲的小箩筐好像能变戏法，里面有很多东西：针头线脑，剪刀，小拨浪鼓，镂食，油饼，偶尔还会有豆豆糖和纸包的小洋糖。大概是一九六六年吧，我家来了位客人，她是母亲姐姐的女儿女婿，因姨娘去世多年，母亲对姐姐非常思念，今天是母亲姐姐的女儿女婿来了，母亲显得特别高兴，拉了一阵子家常，就去厨房张罗饭菜。我陪着这位当公社书记的表姐夫坐着。坐着坐着，姐夫忽然从背包里取出一个小匣子，并从匣子上面抽出一个细细的、长长的金属棒棒。刚用手动了动，匣子竟然唱起歌来，唱的还是我刚在学校学会的《学习雷锋好榜样》。歌声很响亮，还甜甜的，我情不自禁地跟着唱起来。我高兴极了，赶快到厨房拉着母亲也来听，母亲也高兴地听着。我问母亲那是什么东西，母亲说她也没见过，也许就是人常说的洋戏匣子吧，表姐夫纠正说，这东西叫收音机，能收到北京和毛主席的声音。过了一会儿小匣子果然说话了。表姐夫走了，可他留在我心中的震撼却没走，一是小小匣子能收到北京的声音，二是留在母亲小箩筐里的一盒饼干和一包点心。这两样东西好吃极了，酥酥的，甜甜的，多少年过去了，它留在我大脑皮层中的味道还挥之不去。母亲给我和侄子每人分了两片饼干，一个点心。我馋，当天晚上就吃完了，侄子的饼干舍不得吃，到第二天在口袋里烂成了一包渣。如今看到小孙孙享用的各种小吃，他明显没有丝毫珍惜，也肯定不会留下刻骨铭心的记忆。母亲把剩下的饼干和点心包起来放到小箩筐里，我和侄子够不着，也不敢偷吃，只能每天爬在箩筐下面的被子上嗅嗅那股香味。是啊，半个多世纪过去了，改革开放给国人带来了富足的物质享受，你把这些故事和感受告诉年轻人，他们肯定是不会相信的。

母亲去了，在改革开放的前夜。一九七七年夏，老人突发脑溢血离开了我们。她在兵荒马乱中出生、嫁人，在忍饥挨饿中度过一生，去世时刚刚六十岁。那时落后，医疗条件差，老人家整天嚷嚷着头疼头晕，却从未量过一次血压，我们也压根儿不知道高血压会死人。母亲头疼了，就吃个安乃近或去疼片。今天，看着孩子们在工作之余享受着各种美食，有个头疼脑热就赶快去看医生，生活给了现代人丰富的物质享受，但我总也忘不了母亲那个小小的红柳条箩筐，还有箩筐中散发出的糖果味，饼干味，我更记着母亲用手摩挲小箩筐的情景。

二〇一八年腊月于遂宁

春节后的思考

又是一年春节到，神州处处多欢笑，团团圆圆过大年，爆竹声声步步高。太平盛世，举国欢庆，万众祝福。和往常一样，二〇二〇年的春节如期而至，家家喜团圆，户户张彩灯，游子千万里，也都盼春归。改革开放这些年来，我们的国家奋起直追，早已过了一穷二白的时候，过上了争取温饱的日子，奔小康的脚步急切而热情。二〇一九年，全国整体脱贫，九千六百万平方千米的土地，到处是欣欣向荣的景象。不管风吹浪打，我自闲庭信步，二〇一九年，我们豪迈的脚步充满自信，经济虽有少许下行，但稳健的发展势头仍然保持，国力强盛的整体形象仍让世界瞩目。已近年关，我们的目光正关注着很多事，各省各地的两会、各地脱贫捷报频传，还有北京民航医院伤医事件。这很多事件，让人有点眼花缭乱。过往的大部分春节，都在二十四节气的立春之后，而今年立春的日子，正月初十了仍蹒跚未到，这一个春字来得太过缓慢。

春节前我们已隐隐感到了一些不安,从零星的报道中,我们知道有一种传染病,肆虐在大武汉,这种新型冠状病毒不会人传人,可治可控。于是我们的心松弛下来,还是把祥和拥抱,一门心思要过个好年。我们的鞭炮照放,我们的晚会照办,彩灯高挂,霓虹烂漫,笙箫齐奏,歌舞升平。

就在这时,一支队伍,肩负着中央委托来到武汉,他们全身心投入战斗,迅急而不分昼夜地工作。我们的抗病毒专家钟南山院士说话了,武汉出现的这个新型冠状病毒和SARS相似,它叫COVID-19,是一种呼吸道传染病,主要通过飞沫向外扩散,而且人传人!武汉震惊,湖北震惊!武汉和毗邻的多个城市陆续封城,封城前武汉市走出去了五百多万人。疫情突变,国人目瞪口呆,从大年三十开始,政府号召尽量减少外出,不要聚餐,不要聚会,举国上下,众志成城,一场没有硝烟的战争全面展开。

截至今天,我从各种新闻媒体和网络上看到了很多感动:一方有难,八方支援,来自全国各地的医疗救援队伍疾驰武汉、疾驰湖北;全国各地、各行各业都得到充分动员,保武汉、保湖北、保中华的呼声此起彼伏,响彻华夏。中国在行动,世界在行动,我们的近邻日本、韩国也到处可见防疫情、声援中国的呐喊和行动,这一切,真的让我非常感动。此时此刻,我更深切地体会到中国政府近几年极力倡导的构建人类命运共同体的卓识和远见。世界在前进,科技在发展,四通八达的世界交通网络给了现代人极大的方便,带来了高度的享受。携手互助,共克时艰,已是世界的共识,我们必须动员全人类的资源,才能打赢这场疫情战。我们经历过太多的磨难,我们有过战胜SARS的教训和经验,也许我们要损失很多,但有全国人民的团结苦战,任何困难和艰险都能战胜,我们有这种必胜的信念。我们必须清醒,越是困难,越是遇到这种突发事件,我们就越应该把握全局、冷静思考、沉着应对。经过这次春节,经过这次疫情,我们会感触很多,感悟很多。

这几天,我一直关注着疫情变化,也关注着网络上的各种思绪和评说,我看到了很多感人的事件。医疗队员的彻夜奋战,一线战士舍小家、为大家的感人故事。我也看到了美国带头撤侨的消息,但世界是多元的,我们能够管好自己,却无力对别人指手画脚,我不担心别人撤侨,却担心国人轻视疫情和相信谣言。我们的国家已很强大,我们有改革开放几十年积累的经验和教训,相信党中央会适时做出正确判断,我们千万不能给防治疫情添堵添乱。

我也看到,有部分国人盲目乐观,对疫情不甚了了,思想懈怠,不能防患于未然,或者一味夸大疫情,传谣信谣,动摇民心;有的文章过度解读,高喊献身精神,不谈科学应对;有的散布不实信息,不讲实话,刻意把人的情绪引向极端。所有这些,都是我们应该坚决反对和抵制的。让我们万众一心,冷静判断,沉着应对,主动出击,坚决打好这场防疫灭疫战。我们期盼,出征的将士早日归来,被疫病感染的人们早日康复,待到春暖花开之时,让神州大地精神抖擞,为实现"两个一百年"奋斗目标高歌猛进。

二〇二〇年春节于兰州

骑着毛驴走环县

上小学的时候，语文课有一篇《库尔班·吐鲁木见到毛主席》，说的是新疆和田地区维族老人库尔班·吐鲁木翻身不忘共产党，一心要骑着毛驴上北京看毛主席的故事，这在我小时的心灵里种下了骑毛驴也能出远门的印象。半个世纪前，特别是改革开放前，在我们大西北，出门的主要交通工具就是毛驴。环县俗语，吃饭靠糜子，穿衣靠皮子，运输靠驴子，也正是那时候我们生活的真实写照。从小生活在黄土堆起的连绵不断的大山里，我们对山外面的世界有一种神圣的憧憬。二十世纪六七十年代，我们那地方无论谁走一趟环县城，回来给乡亲们讲有关县城繁华与精彩的故事，是我最喜欢听也非常神往的事情。到环县去，逛一回环县城，是我从小的梦想。

一九七一年夏天，十六岁的我当上了一名社请教师，说服了其他两个抢着要去的同事，我得到了去环县给村子里孩子购取课本的差事。连续几天我兴奋地睡不着觉，计划着逛环县城的细枝末节。可五哥认为我还小,对我的环县之行总是放心不下,因为在此之前我最远只去过离我家约三十里路的车道公社所在地苦水掌、镇原县殷家城公社所在地殷家城,去环县真的连个方向都摸不上。五哥告诉我,向着太阳升起那个方向走一百五十里,就会到环县城。他告诉了我走环县要经过的那些地方,但他最终还是不放心,决计陪着我到环县去。母亲听说五哥要和我一块儿去,好几天的担心一下子没有了。那是一个风和日丽的夏日的早晨,母亲为我们准备好了路上的伙食,特意烙了十个小小的麦面锅盔,装了一升碾好的黄米,为我家养的那头灰色的毛驴准备了一升压碎的豌豆,人和驴路上的伙食齐全了,我心中充满了喜悦和豪壮,第一次环县之行就开始了。

　　夏日的阳光格外耀眼,晨风吹拂着路边挂满露珠的冰草和野花,,在母亲的目送中,我们弟兄两个走出了门俭畔,很快就爬上了那个我们十几个家庭供奉的小庙宇的山梁梁。我们这时的心情和早晨的阳光一样明亮而温暖。上了庙梁顶,翻过山就是我们本村的苦驮队和叶掌队,走出这两个队的地盘,我们就进入了一个又一个陌生的地方。站在庙梁顶上向东望去,初升的太阳在一层薄雾中冉冉升起,重重叠叠、远远近近的山在云雾缭绕中向着远方铺展,五哥指着东边视线可及的地方说:"那是胡家台,那是豆城子,上了豆城子山就走出了我们车道公社的地盘,但那里距环县城还很远。"

　　从苦驮的山顶上向东走了好几个崾崄,我们到了叶掌生产队,正好遇到社员们到庄稼地里去锄草，乡亲们打着招呼，听说我们要去环县，大家眼中满是羡慕的表情。正是夏天最炎热的季节，一块块刚收过的麦田，麦茬地仍散发着悠悠的麦香，小黄鼠在阳光的照射下，争先恐后在麦田里捡拾着农民们遗掉的小麦穗，它们精灵一样的身姿轻捷而灵活，一会儿叼满一口麦穗向洞口跑去，一会儿又警觉地把躯体立起来，两个前爪在胸前挥舞着，黄黄的小眼睛滴溜溜地四处张望。小兔子也在荒山和麦田里奔跑着，蚂蚱和长腿跳跳满山遍野跳个不停，叫个不停。前行的山路上忽然有一长行蚂蚁急匆匆行进着，他们蜂拥着但却很有秩序地向一个方向奔走，五哥说这是天要下大雨的前兆。他说我们必须在大雨来临之前翻过眼前的这条河，只有上了豆城子山，才能顺利地走向环县。

　　从叶掌队的关路台沟坡下去，我们要在马莲河上游这个不知名的支流里走十多里路，这是雷雨季节最让人提心吊胆的路程，虽然你所处的地方还是阳光普照，可河的远方上游说不准就有一场电闪雷鸣的暴雨在倾泻，所以走这样的路必须加紧步伐。五哥告诉我，这条沟的源头就在车道公社的所在地苦水掌、沿路掌，从那里到我们行走的这个地方约四十里，上游有那么大的流域面积，我们必须很快走到豆城子去。可是我们越是心急，毛驴却越是慢条斯理，向它屁股上抽一鞭子，它最剧烈的反应也就是扭扭屁股，我忽然想起了一句俗语：畜生再笨，也笨不过个毛驴。

　　从关路台一路向下川走，经过胡阳山、老坟台、刺柏滩洼、胡家台，我们终于走到了豆城子。豆城子我早有耳闻，因为在二十多年前的一九四七年，共产党环县游击大队和国民党的队伍打过一仗，环县人民武警大队的副大队长田雨雷就牺牲在这里。从小听大人们讲豆城子战斗，早就想到豆城子看个究竟，缅怀一下那些牺牲的革命英雄。很快就到了豆城子，我们急急忙忙来到半山腰那个古城的城头上，从这里可看清楚古城的全貌。也不知这座古城建于哪个朝代？总的感觉它和我们万安城比较，城郭大一点，但城墙的保存远没有万安城那么完整。可以判断，因我们知道万安城是明朝三边总制杨一清重修，豆城子的城郭修建肯定远早于明代，根据我们当地流传的故事，都说是豆家城也是宋代环州知州种世衡修建，但目前的史料仍没有明确记载。由于年轻，我当时对这些遗迹和掌故不感兴趣，也就听听五哥说说而已。站在豆城子的城墙上，河流的上川下川尽收眼底。正值中午十二点左右，向东南望去，眼前的河沟曲曲折折，沟的阴面和阳面，时不时就有一个山头冒出，河水在山头突出的地方不得不绕行，就形成了一个又一个很小的沟台地。这沟时而宽阔，时而狭窄，可每一个沟台地都有人居住。正是做午饭的时候，炊烟从各家各户的烟囱冒出，微风把这些烧柴草的烟雾布满川里的山山峁峁。对面沟台上，还有一个收工迟的农民正在耱地，正午的阳光照在前行的牛的脊梁上，脊梁上的汗水在阳光的反射下，隔着沟都能看到那一闪一闪的晶亮，也能感觉到疲惫不堪的牛的痛苦和无奈。也许是为了消除和排解极度的酷热和疲劳，站在耙耱上的农民忽然拖着悠长的调子仰天吼了起来："骡子骑上马吊上,干妹子娃娃我抱上;东山里糜子西山里谷,那搭想起你那搭哭……"这忧伤而悠长的调子在正午炽热的阳光下流淌,给午间的空气中增添了许多慵懒和困倦。

坐在城墙上,五哥指着下川里告诉我,豆城子下面是箭杆梁,箭杆梁下面是赵家台,我们赵掌里的赵姓人就是清朝初年从赵家台搬到现在的赵家掌的。再往下看,赵家台下面是苏俭上,苏俭上下面是张上台,张上台对面是清朝末年发了财的白家阴台。五哥还告诉我,出生于一八九五年的父亲小时候就是在白家阴台开始他十年读书生活的启蒙的。听说是父亲读过书的地方,我更想看个清楚,但由于距离太远,白家阴台的面目也就是一个朦朦胧胧的山梁而已。我忽然关注起了就在附近的箭杆梁,箭杆梁是一个条件特别差的生产队。这里只能看到沟的两边几道光秃秃的山峁峁,山峁峁下面的沟台上似乎有人筑起了两道地埂。关注箭杆梁的原因是前几天某个晚上的社员会上,老支书一边抽着旱烟锅,一边传达着公社的会议精神,其中有两句话我印象深刻:"远学大寨赶昔阳,近学合道箭杆梁。"这个我心中神圣的全县学大寨标兵,原来就在我们万安的家门口!

我们坐在城墙上,看着上下川满目绿油油的庄稼地,太强的阳光在远处的空气中忽然编织出了海市蜃楼一样不断变化的幻景。我知道这是在刺眼的阳光下长时间瞭望的结果,但在远处隐隐的青山中,我第一次感觉到家乡的大山、河渠、庄院、树林和蓝天白云的无限美妙。那远处偶尔传来的农人们的吆牛声、犬吠声、鸡叫声，构成了一组美妙的夏日交响曲。不知哪个地方忽然传来了一声高亢而悠长的公驴的吼叫声，我们牵的这头正在吃草的灰驴突然就亢奋起来，扬起它那有点过长的头颅，面朝蓝天大声吼着，由于我们所处的位置高，声音传得远，灰驴的叫声让上川下川的驴都叫了起来，此起彼伏，荡气回肠，这嘶哑、苍凉而辽远的声音在空气中久久流淌，给人一种地老天荒的感觉。

吃完干粮，我们把葫芦里装的凉开水喝了点，告别了豆城子，一路前行。这时忽然从北边涌起一股乌云，很快就和西边的云朵连到了一起，已经偏西的太阳刚刚还是流火四溢，瞬间就被乌云遮得无影无踪。五哥说，前面就是大路洼，我们要赶在大雨前赶到那个庄头上去。可这夏日的老天变脸很快，我们还距离村庄约一里路的时候，一股冷飕飕的龙卷风已从天而降，紧接着就是电闪雷鸣。正好前面是生产队的一个打谷场，几个农民正在把手拍垛的麦子垛成大垛，他们也要赶在大雨来临之前完成这项工程，大家正在紧张地完善垛顶，地上掉下的零星麦穗也未能收拾干净。看到我们上了场畔，他们热情地把我和五哥让进一个只有四五个平方米的场窑里，大家帮忙从驴身上取下鞍具和行李，我们才有了喘息的机会。这时倾盆大雨如注，雷电交加，老天似乎要把地球翻个底朝天。毕竟已有了一点点容身和避雨的地方，毛驴也在一个稍有一点外檐的草垛下面吃起草来，大家都在惊魂稍定的情况下拉起家常。五哥知道这个村的人大部分姓胡，和我们生产队的胡姓人是不远的本家，里面有两辈人。胡天什么和我们同辈，还有胡志啥比我们小一辈，大家说起亲戚就显得格外亲切。就这样大家天南地北地聊着，早忘了外面的情况。我怕毛驴被雨淋得厉害，探出头看了一眼，发现它才不管大雨的洒落，悠闲地吃着眼前的麦草，吃着吃着，忽然斜眼看了一下挤在土窑里的人群，眼中流露出不屑的神色，然后扬起头打了个响鼻，似乎在嗤笑人们的胆小和经不住风雨的样子。

大雨过去了，雨后的阳光从西边的云缝中透出万道金光，我们告别了大路洼这些亲戚和友人，踏着泥泞又向县城进发。很快我们经过了一个叫黑风口的地方，从小就听大人讲黑风口经常有土匪出没，旧社会经常有人在这里被打劫，可现在到了和平年代，这个黑风口也就是两个山头夹着一条长约三四十米、宽五六米的山中甬道而已，我怎么也看不出它的危险和可怕。但回过头细细端详，这地形、地势还真是个打埋伏的好地方，真有点"一夫当关，万夫莫开"的味道。

过了黑风口，眼前的视野豁然开朗。五哥说这地方叫谢房房，他在虎洞上初中的时候有个好朋友叫谢登峰，就在这个村子里。谢房房坐北面南，背风向阳，是个难得的好地方。我们放眼向南望去，可以看到东南方向很远的地方。这时，在不远处南北两个山头上，一道彩虹光艳斑斓，飞架南北，气势恢宏。我忽然想起了毛主席诗词里的那句："风樯动，龟蛇静，起宏图。一桥飞架南北，天堑变通途。"看到彩虹像一条巨龙让两个山头牵起手来，我高兴地嚷嚷着："这彩虹若真是一座桥，我们去环县的路不就平坦多了！"五哥笑了笑说："雨后的彩虹就像梦中的美景，虽赏心悦目，却很不实用。"几十年过去了，五哥所说的这句话，却让我一生品不完其中的味道。

过谢房房时还是下午，可没走多远就日落西山，我们来到了一个叫大咀梢的地方，一眼望去，这里很少有粮食地，满山遍野是翠绿的草地。慢慢的，草地变得越来越陡，路也越来越难走，看到这地方如此偏僻、荒凉，天也很快就黑下去了，我们赶快寻找住店的地方。半个小时后，终于听到了阵阵犬吠声，寻着这声音找过去，在一个比较隐蔽的山峁背后，看到了一个农家小院。我们忐忑地走上了门俭畔，打问着看能否住上一晚，一个约五十岁的老妈妈走了出来，二话没说就把我们让了进去。当五哥说想住店不知方便不方便时，老妈妈慈祥地笑笑说："都这个时候了，咋还能撵客人走呢？方便不方便都应该住下呀！"过了一会，放羊的老爸爸回来了，他热情地招呼我们吃喝。记得当晚他们家吃的是黄米馍馍玉米粥，我们也每人喝了一碗粥，因为当天走路又困又累，我们睡得很香甜。第二天清早，告别了两位老人，我望着他们慈祥而厚道的面孔，真有点难以分舍的感觉。这些年因为路修好了，我也多次从这附近经过，只可惜当初年轻，连老人家姓啥都没能问清，如果能找到他们该多好啊！

离开大咀梢，我们继续沿着现在县城称为西川的沟往前走，这沟的两边山峰壁立，又深又窄，原打算到了沟底骑一会毛驴的希望破灭了。沟里曲曲折折，三步一道河，五步一道坎，在我们那个平坦的小掌里长大的毛驴，从没走过这么陡峭的山路，每遇河水，它就把四个蹄子撑开，四条腿像僵硬了一样蹬得笔直，竖起两只大大的耳朵，一种特别恐惧的样子，死活也不愿蹚水过河，我们也只好将它连推带揉，每过一次河都折腾得人浑身冒汗，后来经过反复推揉，驴子终于敢过河了，但逢水必跳，每跳必浑身战栗，十多里水路，折腾了三个小时。三个小时后，我们到了有名的半个城。

半个城又名细腰城，北宋名将种世衡修建。宋仁宗庆历三年，明相范仲淹巡视宋夏边境，知道当时环州（今环县）所属羌族酋长，个个都与西夏王李元昊私通，遂推荐鄜州判官为环州知州。种世衡因修建陕北青涧城抚羌有功而知名，因而范仲淹对种世衡寄予厚望。种世衡到环州后，坚持以堡寨为屏障，步步为营，抵御西夏，使环固一带边防很快得到巩固，他在边境修筑的细腰城等十多个城堡发挥了很大作用。半个城随地形而建，两头大，中间小，故称细腰城。我们把毛驴拴在沟底的柳树上，爬上半个城对面的山坡，细细看了半个城的结构与布局，五哥对这些遗址和掌故很感兴趣，看后感叹不已。近几年这里修了柏油路，公路正好从半个城对面山上经过，在这条公路上观察半个城全貌非常方便，我也为种世衡能在这偏僻之处修筑这一绝妙的防御工事感到震惊，他用心良苦，文治武功堪为人之雄杰。

离开半个城，按照当地一个农民的指点，我们不再走洪水四溢的沟底，从半个城北面的山上爬上去，就到了北原的沈崾岘，这里崾岘连崾岘，直通环县第一大原马坊原。

雨后的黄土高原，天格外蓝，云格外白，微风从原的北边吹来，暖暖的，特别清爽。这时候我终于有了骑驴的机会。五哥走着，我骑在驴背上，那时的马坊原到半个城，到处是庄稼地，糜子、谷子正在蓬勃成长，满原的油菜花盛开着，一片金黄。偶尔可遇到一片葵花地，葵花圆圆的脸盘已经形成，虽然很小，但那喜欢迎着太阳的小脑袋却依然执着地朝着东方。地埂上的黄花菜开花了，蜜蜂和彩蝶围着花蕾上下翻飞，翅膀扇出的嗡嗡声，让正午的村庄显得格外静谧和温馨。我们走过了沈崾岘、高龚原，从沈家原下了山，晚上住到沟底一家许姓人家，这个许家的男主人约四十岁左右，人特别好，晚饭是玉米面条拌豆面，走了一天的路，这碗饭的味道我至今记忆犹新。晚饭后，男主人打开炕边里放的一个很大的收音机，开始用有线广播给全生产队社员安排活路，过程中也有一些社员因事因病请假，还有要求变更活路的，他稍加考虑后都一一做了答复。我们这才知道面前的这个中年人是一个很能干的生产队长，我对他不由肃然起敬。睡觉前，队长吩咐我，说你们明天还要上路，草窑里有铡好的青草，一定要给毛驴添好草料。听了他的叮咛，我非常感动，我想他的人生境界咋这么高，一定是一个学习毛主席著作的积极分子。

早上起得早，听许队长说，到沟口也就三十里路了，前沟的路要比里沟的路好走，还是顺沟往前走吧！我们一边走，一边问路，经过张庄、肖川、杨李庄，中午十一点多，终于走到了西川口，我看着很远的对面山梁，估摸着这环县川从阴山到阳山，少说也有三四里路。有生以来第一次看见这么宽阔的大川和河流，我既兴奋，又发愁。兴奋的是那富饶而又平坦的川里，满目都是玉米和高粱地，真像小说《红旗谱》和《风云初记》里描写的冀中平原的青纱帐。风吹来了，青纱帐里飘出阵阵粮食的香味，这味道让人陶醉。发愁的是当时的环江，从河对坡到县城，还没有一座桥梁，人和驴必须从水中趟过。正是雷雨天，上游的洪水如凶猛的野兽，拍打着环江的土岸，两面江堤上的土块经不起洪水的冲刷，正在一块又一块地轰然崩塌，我从未见过这么宽阔又凶猛的洪水，还没走到大河边，那震天的轰鸣声已经让人害怕。路上遇到一个农民，他说再往前走一华里，有一个跨江渡槽，是为了把河西的水引到河东灌区用的，渡槽宽约一点五米，就看你们的毛驴敢不敢走这个渡槽。我们走到渡槽前，高悬的渡槽又窄又长，加上下面汹涌的江水轰鸣如雷，我的两条腿都软了。五哥年长，他说人总是要过的，干脆把驴寄养到河对坡的农民家中。咱们把书取好，背过渡槽再让驴驮，思来想去也只好这样了。半小时后，五哥和一个姓敬的农民谈妥，寄养两天，每天一元钱。我们就牵着毛驴走进这户农民家。卸下鞍具，给毛驴添好草料，就背上干粮向县城走去。一上渡槽，我的两条腿完全不听指挥，直发抖。五哥胆大，让我闭上眼，他用手拽着我往前走，快到渡槽尽头了，我腿软得直接坐倒在渡槽上，那最后的二三十米，我是爬着到达彼岸的。走下渡槽，我都没有勇气再回头看一眼，那惊魂的一幕，至今想起来仍感到又可怕又可笑。

到县城了！到县城了！等到走上了北关那宽阔的柏油街道时，我不由得大声呼喊起来。五哥看着我那么幼稚而欢乐，也高兴得笑起来。柏油路黝黑而光洁，我想，在这上面晾一晾我家的手擀面多美呀！走在路面上，脚底下平平的，软软的，舒服极了。这时忽然听到城里大喇叭报时间，那是一九七一年八月十一日中午十二点，这个时间，像烙印一样刻在了我的心中，几十年岁月荏苒，几十年栉风沐雨，第一次走进县城的记忆，永远定格在我的脑海中。

环县城宽阔的街道上最显眼的建筑是老城南门坡下面那个面南而立的人民食堂，食堂周围的空气中总飘飞着阵阵卤猪肉的味道。二十世纪六十年代末七十年代初，连肚子都填不饱的农民只有到每年过古历年时才能嗅到的味道，在县城竟然二十四小时都能闻到，从这里经过，我和五哥总犹豫着是否进去吃上一顿，但身上装的那几个钱刚够给学生娃取课本。我们还是忍不住走了进去，卤肉是不敢吃的，我们买了两碗每碗八分钱的酸汤面，合买了一小碟三角二分钱的炸酱，从售票员手中接过那三个黑乎乎的小竹牌牌（就是饭票）时，我迫不及待地走到了取饭的窗口前，那一顿饭的那个香啊，现在想起来还叫人口内生津。

从食堂出来，俗称娘娘庙岗子的地方矗立着环县当时最宏伟的建筑——环县人民大会堂，这座土木结构的大房子平时是进不去的，只有到晚上有晚会或演电影的时候才能进去。我和五哥两次走到会堂门口，想说服守门人行个方便，让我们进去参观参观，都被那个慈眉善目的老年人拒绝了。十年后我调到县文化馆工作，和这个姓尚的老年人熟悉了，他笑着说："早知道你早晚也是个干部，那次让你进去看看多好啊！"当时没办法，我们只好买了两张晚上的电影票，想利用看电影的机会领略一下人民大会堂的风采。夜幕降临了，我俩迫不及待地向会堂走去，当我把脚步迈进会堂二道门的那一瞬，我真的被会堂的高大宽敞和富丽堂皇惊呆了，它的漂亮远远超出了我的想象。之前我见到最大的房子是环县车道农业中学的教室和元峁商店的门市部，房子也就六七米深，十米左右长，而这个会堂都能装得下六七个元峁商店，从门口到舞台是一路斜坡，一溜溜排着三十排长条椅，以中间过道为界，左边的一律为单号，右边的一律为双号，听说有六百个座位。两边两排约二十个圆形木制房柱，挺拔端正，排列整齐，舞台两边挂的两行标语明亮醒目，左边是：领导我们事业的核心力量是中国共产党；右边是：指导我们思想的理论基础是马克思列宁主义。会堂顶上整齐的两行电灯，使会堂光亮如同白昼，我想，这么宏伟的建筑和北京的人民大会堂也相差不远吧！

为了图便宜，我们住进了井巷子口，一个杨姓人的私人车马店，这地方也是环县城的中心，离人民食堂、人民会堂都很近。当天我们就到新华书店取好了学生课本。第二天一整天，我们跑遍了县城的角角落落，最感动的是环县老城的南门，高大宽敞，汽车都能出出进进地跑；在那个让人印象深刻的光明照相馆，留下了我人生第一张全身照；站在红旗理发馆门口，看着师傅们用明晃晃的剃须刀给顾客刮面，我担心得手心里都出了汗。走上五金厂崖头那个土咀咀，看到文工团的演员们在院子里排戏，我庆幸自己没买票看了一场上好的演出。那时的环县烈士陵园，是环县最美的景致，高大的墓碑和满园苍翠的松柏树，在炎炎的夏日里进去，似乎走进了一个原始森林，凉风习习，让人浑身都感到舒服和惬意。一整天的县城游逛，在热浪滚滚的夏日街道上奔走，我不感到一星半点的疲倦，晚上睡在杨家店的土炕上，白天的那些好多个人生第一次，像演电影一样在脑子里回荡。

第三天早上，当县城的大喇叭播放广播体操的音乐时，我们就准备离城回家。这时我们一升米、十个烙馍已吃得精光，身上的钱也快花完了，可我对县城还有着无限的留恋，觉得还有很多应该看的地方没能看上，就缠着五哥一定要上一次古城墙。经不起我的缠磨，五哥和我在太阳刚出来时从南门城内的一个斜坡走上了城墙，站在城墙的垛口上，俯视着县城鳞次栉比的一片片砖瓦房，我才真正领略了城市的拥挤与繁华。不时从城墙下面飞驰而过的汽车的汽笛声，此起彼伏的叫卖冰棍和油饼的声音，是那样清亮地钻进我的耳朵，让我的胃里满是想吃的感觉。

长安虽好，毕竟不是久留之地。口袋里的钱告诉我们，还是赶快回家吧！就这样，我们依依不舍地离开了县城，走上了回家的路。

现在和过去的同事、老朋友说起四十多年前的环县城，有的人还记着二十世纪七十年代大家调侃的那几句顺口溜：环县环县好威风，一条街道七盏灯，一个喇叭全城听，一个食堂眼中钉，找不见厕所急死人！提到这几句不雅的话，我总是不以为然。在那个全民都很穷困的年代，环县城在农村人的心目中已经非常繁华了，我总是把我第一次骑着毛驴走环县的故事讲给大家听！

四十年改革开放，四十年风雨历程，环县这片土地上，确实发生了翻天覆地的变化，骑毛驴走县城的历史永远不会再有了。如今的环县城比那个时候面积增加了几十倍，纵横交错的几十条宽阔的街道整齐漂亮，高耸入云的楼房哪里还能数得清，走在用塑胶铺设的环江边的人行道上，你会感觉到这就是在大城市的享受。每天傍晚江边上如织的游人和一个又一个大舞台，上演着多少人间的幸福和欢乐。高铁通了，高速通了，今年年底连接省城兰州的341国道也通了。现在上银川、下西安也就一两个小时，年底去兰州，也只需三四个小时，村村通了柏油路，农民去县城就像在一个村子里串门子，真是做梦也没想到小县城有了这么高大上的形象。每次从外地回到环县，我都会在心底里呼喊一声：我爱你，环县！我爱你，环县城！

夏天与童年

今天是八月二十一日,立秋已十六天了,可难熬的酷热仍在肆虐。早晨起来,天上浓云密布,这样阴沉沉的天气已经三天了,难得天空忽然飘飞起丝丝雨滴,虽细如牛毛,但总还带来了一点凉意。下个礼拜又到了新学年的开学季,小孙子们很快又要开始一个学年的学习生活,他们终于告别了这个被疫情反复影响又酷热难熬的暑假。站在打开的窗口前,品尝着好久未能嗅到的雨后的土腥味,我忽然想起了自己的童年,还有那一个又一个童年的夏天。

我童年的暑假是在大山和田野里度过的。那永远干净而高远的白云和蓝天,那一望无际的绿油油的庄稼地,那一排排挂满果实的杏子树,那不分昼夜总在鸣叫着的蚂蚱、蛐蛐和知了,那一幅幅夏日的图画,因了我长时间窗口的瞭望,像电脑中弹跳出的一个个字符,把我的记忆拉回到二十世纪六十年代遥远的故乡!

那是一九六五年立秋后的某一天,已经是小学三年级的我捧着新领到的语文和算术，嗅着新课本特有的油墨香，心中满是对新课本的珍惜和对新课文的期待。翻开课本，列在第一课的仍然是那篇脍炙人口的《夏天过去了》：

夏天过去了，
可是我还十分想念。
那些个可爱的早晨和黄昏，
像一幅幅图画出现在眼前。

清晨起来打开窗户一望，
田野一片绿，天空一片蓝。
多谢夜里下了一场大雨，
把世界洗得这么干净。

耀眼的阳光当头照着，
我们在菜园里拔草。
管菜园的老爷爷送来一桶茶水，
还称赞我们做得又快又好。

老榆树下面是个好地方，
我们常常在那里歇凉。
我把脚伸到树旁边的小溪里，

听知了在树上一声声歌唱。

有一回我们在瓜田里守夜，
到了半夜谁也不肯去睡。
我们逮住了三个小偷，
它们的名字叫刺猬。

那些个可爱的早晨和黄昏，
像一幅幅图画出现在眼前。
夏天过去了，
可是我还十分想念！

当年的课文历历在目，就连那时小学语文第五册课本的封面我都还能依稀记得。窗户前正在系红领巾的小姑娘，窗户外面招手的两个小伙伴，窗户上面透出的那一缕浓密而翠绿的树枝，都渗透着那个纯真年代的温馨与和平。一九六五年是"文革"的前夜，那是我国社会主义建设时期难得的黄金年代，国运昌盛，人民幸福，全国上下洋溢着社会主义建设的热烈气氛。

这篇课文没有生硬的说教，没有鼓气的口号，全篇透着一股广大农村社会主义建设特有的和谐和平静。我一遍遍朗读着，每一遍朗读都让我对课文有了更深一层的理解和领悟，直到我的泪水溢出眼角，顺着脸颊流向脖子！经过近六十年岁月的磨砺，我从课文里品出了很多人生的况味，课文干净、质朴的语言，童真、活泼的语境，真实、形象的描写，把我一下子带到了六十年前的那些岁月。

这篇课文是一九六〇年后连续好几年三年级第一学期语文课本的第一课（小学语文第五册），我至今还记着当时的情景，因为是秋季开学的第一课，我捧着刚领来的新书，书的纸香和课文的美深深感染着我。我的语文老师张铭谦尽管不会说普通话，那满是固原味的柔美的拖腔，仍不影响他对这篇课文的理解和表达。读起这篇课文，他也很陶醉。他穿着用布条结成扣的深蓝色便衣布衫和黑色的便衣裤子，白皙而慈祥的脸扬起来，有皱纹的眼角溢出了甜甜的笑，他读着："夏天过去了，可是我还十分想念，那些个可爱的早晨和黄昏，像一幅图画出现在眼前。"那慢悠悠但却抑扬顿挫的声调，从开合有致的口边发出的那一个个字和词，也深深地感染着我们每一个学子真挚的心。老师的声音和表情把我们带到了暑假在生产队劳动的一个个场景中去。我们每一个同学都有着农村孩子多趣的暑假生活，在田间地头，在羊群的后面，在榆树的枝干上，在河沟的小溪旁，在杏树下眼花缭乱的杏堆里，在早晨露珠晶莹的草丛里，我们的暑假生活丰富多彩。

早自习的时候，我就坐在校园外面第一阶梯的柳荫下，想起了老师读课文的情景，我也拖着长音读着："夏天过去了，可是我还十分想念……"我也试图慢悠悠读出那味道，但总是不能像老师那样声情并茂。现在想明白了，幼年的我们对课文只能读出口而已，但对课文内涵和意境的理解却非常肤浅，怎么可能读出已半生沧桑、历经无数风雨的张老师的那个味道呢？

又到了一个开学季，小孙子很快要开始下一个学年的读书生活了，他们的语文课是什么呀？他们对于这个暑假还怀念吗？他们久居城市，白云、蓝天、碧绿的庄稼、雪白的羊群、满山的杏树、叫个不停的蚂蚱、蛐蛐和知了，他们认识吗？孩子们的童年，深深地镌刻着时代的烙印。从过去的田野走向高度发达的信息世界，这个多彩的时代让我们有了很多惆怅和忧伤，也有了很多新鲜和激动。愿我们的小孙孙们快乐地成长吧！他们总是会拥抱这个世界的！

和王世宏先生
《环县老九的蹉跎岁月》

一九六八年，在上山下乡的大潮中，王世宏等十名来自全国各地大城市的大学生走进环县，他们坚持了十数年，在环县教育、卫生、农业、林业、行政等许多岗位上都取得了骄人成绩。现在生活在天津的王世宏先生用镜头和文字记录了这一切，把它在微信群中发出，读后感触颇多，写诗一首，以为唱和：

岁月蹉跎是首歌，
几十年的脚步一想起就心浪磅礴。
青葱的记忆刻骨铭心，
背着行囊翻山越岭来到这黄土高坡。
安家的地方叫小天池却没见到一滴水，
就是马坊原上一个土窝窝！
我记着第一次走进农家院，

还记着看见黄土窑的那一刻，

吃惊的目光总盯着窑的顶部，

真怕灭顶之灾瞬间把大山抖落。

第一次骑着毛驴上山下坡，

第一次见到土窖里的泥糊糊渴死都不敢喝，

趷蹴在骄阳下的麦趟趟里泪水汗水胡搅和，

跟社员喊着信天游你赛我！

就这样哭了笑，笑了又哭，

每一个进步都是动人的故事再诉说！

站在讲台上给学生娃教着文化课，

看那一双双求知的眼神如饥似渴，

穿起白大褂走向手术室，

把人间大爱装在心窝窝。

当编辑的书写着一篇篇学大寨的诗篇时，

农民们战天斗地的英姿总在眼前闪过。

到农技站去，到园艺场去，

把种田的科学技术播在这山沟沟土坡坡！

不同的岗位上吟唱着不同的人生歌，

日子像环江水一样每天流过。

和王世宏先生《环县老九的蹉跎岁月》

半个世纪的书卷被一页页翻去，
每一页都是扎实的脚步从容走过。

难忘的记忆真像一首首诗，
如甘醇的酒让人越久越想品味吟哦。
青春的故事咋就这么深地在心中镌刻？
不觉中面孔上已满是沟壑。

黄土原的风漫过天际走向远方，
环江的新变化带给天南地北的你和我，
那黄土，那毛驴，那蓝天下的庄稼地，
一想起就叫人泪眼婆娑！

真的不愿老去呀，
多想再到环县去，
再看一眼那沟畔畔，土坡坡，
再吼一声环县的老道情，
这道情里总能映照出环江水特有的粼粼波光！

二〇二一年四月十八日写于兰州

我心中的二毛路

二〇一八年在四川遂宁,有一次在微信中忽然看到环县的张德芳先生写的那条环县到毛井的公路今昔变化的文章《二毛路》,感触甚深,感悟多多,也写诗一首:

回首那圪圪垯垯曲曲弯弯,
满是传说的马坊川。
从二十里沟口一头钻进去,
上了井台坡才能看得见白云蓝天!

求生的路打从这里开始,
没料想朝阳少年已进暮年。
二毛路由陡到平由窄到宽,
这曲折这艰难刻在了每一个车毛虎小人的心间。

小时候梦里遥远的环县城，
我们就是从这里一步步把梦圆。
都说是二毛路变得太慢太慢，
可咱先辈们走了几千年。
要感谢改革开放的领航者们，
让我们短短二三十年见证了地覆天翻！

也曾光脚丫在水中蹚过了上百道河，
也曾和毛驴一块睡在高庙湾的车马店，
也曾给赶马车师傅敬了一支又一支烟，
也曾睁大眼睛坐在二八拖拉机上把沟口盼，
也曾在敞篷卡车上谈地说天，
也曾坐在小车里梦见咱们北岭上牧歌唱晚！
我那总在梦中的二毛路啊，
你在游子的心中如浪翻！

正在修一条一级公路的消息在微信中传，
我的眼睛里尽是希望的泪水打转转，
到那时跨河大桥走云端，
到那时隧道穿透一座座山，
到那时飞奔的汽车插了翅，

柏油大道平展展。

到那时百里开外一瞬间,

我要让幸福的笑声飞上云天!

二〇一九年八月于四川遂宁

对故土的深情凝望

——读赵汉山乡愁散文有感

□ 张玉冰

乡愁是一种揉进我们血脉里的情愫，这种情愫早在离乡之际就走进了每一个游子的生命里。

对于乡愁这个常说常新、常说常痛的话题，我有时候在思考：抒写乡愁的美学价值和思想价值有多大，抒写乡愁的精神力量有多大？

读了许多写乡愁的文章，有《光明日报》上专设的"怀念乡愁"栏目，从那么多的思乡怀乡之文中，我感受到了对远去童年的回望，对艰苦岁月的回味，对故乡亲人的思念，对坚守家乡者的崇敬，对家乡衰落的惆怅，对艰苦奋斗经历的感念，对家乡巨变的欣喜，也有脱贫致富的自豪，等等。

最近阅读了环县同乡的一些回忆性散文，其中赵汉山的散文让人耳目一新。他的散文让我深刻地感受到了亲情和温暖、青春和力量、屈辱和批判，比如他的《梦中的姚前滩》《梦中的羊群》

《母亲的小箩筐》，都是有现实丰富性的乡愁散文。

赵汉山的乡愁散文，像他笔下的姚前滩一样，乡貌、乡情、家风、家教、发展，全景式地呈现在我的眼前，让我通过他的回望及他的经历和思想情感，一点一点地加深了对那些出生在偏僻村落里的同乡的了解，体会到他们的性情、品格和思想境界，对他们的内心，他们的精神历程，都有所体悟，明白了他们发奋图强的精神动力，领会到他们超越自我、挣脱环境的不竭力量。

《梦中的羊群》对环县西北部的地理环境的精确描述，让读者了解到这一带古代是朝廷牧养军马的地方，老百姓牧养羊群也有悠久的历史，让人有一种历史的纵深感。接着他逼真地描绘了自己牧放羊群的见闻感受，那是一种令人心旷神怡的劳动，苦中作乐的少年牧者，没有哀怨和感伤，而有一种美的眼光：写家乡的风也柔，写家乡的山也美，写家乡的流云如图画。"任风从面颊、发梢上吹过，那种感觉，似乎是母亲那轻柔的手在抚摸着我，暖暖的、柔柔的，还有一丝丝香甜。""山梁梁上茂密的草，在山风的推搡下如海浪翻滚；盛开的各色小花也不甘寂寞，争先恐后地展现着绚丽的风采；寂静中，只有蚂蚱和蛐蛐此起彼伏的叫声，听着这些，你不但不感到吵闹，内心反而增添了几分恬静和闲适。""躺在草丛中，看着蓝天上飘浮的朵朵白云，我的想象会插上飞翔的翅膀。每当下午太阳偏西，从云的背面会反衬出一幅幅美丽的图画，我会久久地看着变幻不停的云朵，真想去探访一下云朵背后的风景。云朵飘游着，我的思绪也飘游着，我把它想象成一个山口，山口后面射出了道道金光；我看它就是一座座冰山，绵延的冰山展现出高高低低的冰峰；我看它就是一块又一块棉田，无边无际，白浪滔天；我也把它想象成一群白色的绵羊，周围是一望无际的草场。"

读到此处，我有种读托尔斯泰的《战争与和平》的美感，当安德烈公爵在战场上受伤后，躺在草地上，面对着高空中铅灰色的云朵，浮想联翩。对自然的顿悟，对人生的想象，深刻而美好。家乡的清新、悠闲、爽朗，令人神往，这就是他的散文具有的美学价值之一。

家乡的亲情和温暖，更具有美学价值，在赵汉山的散文中亲情是触动泪腺的地方。《梦中的姚前滩》一文中，母亲回一趟娘家，其意义盛大。临行前好几天母亲"就忙里忙外，等到走的那天，她给三嫂说这说那，把该交代的都要交代清楚。三嫂的个性温顺而又平和，母亲每说一句，三嫂就应一句，她们婆媳的交流是那样的和谐而平静。说起家中的每一件事，她们都能想到一块，一切问题的处理都顺理成章。在几天的准备和母亲时不时的叮咛中，我们去外婆家的前奏也接近尾声，母亲明显轻松了下来，她在边干活边用大襟袄袄的下沿擦拭手掌的时候，总是面带微笑，眉宇间流露出少有的欣慰和喜悦。"朴实的家常情景跃然纸上，看到此处，我就想着这不正是一幅"婆媳和睦图"吗？这样的人情之美，在现代社会多么少见，连影视剧中都难得一见。

外婆、舅妈对他的偏爱，更是恩情难忘，"大舅妈就会把我藏在擀面的案板下面，然后将一碗羊肉或猪排骨给我送进来。悄悄吃完后，我慢慢爬出案仓，嘴上的油渍很快会被表弟们发现，可表弟们总装作没看见"，那一碗好吃的，那个油嘴，既有孩童的天真，也有对温暖亲情的久远回味。

舅家的夜谈，如同家庭会议一般，长辈们坐在热炕头，小辈们围绕在炕边地上，孙子们也在睡眼朦胧里耳濡目染，这是一种典型的家族传统文化的传承，传统家庭良好的家风家教自然而然就形成了。让人回味的昏黄的煤油灯下一幕幕夜谈图，加厚了美好乡情里永远无法忘记的温暖底色。

在姚前滩外婆家里每日早晨井井有条的洗漱程序，媳妇给公婆姑母烧热水伺候，孙儿们为祖辈倒夜壶的细节描写，再现了温情的孝道。

"外爷的形象最让我感兴趣，二十世纪六十年代，外爷七十多岁，高个头，瘦瘦的，腰板儿很端正，挺精神的。他总是穿一个大襟棉袄，裤角一年四季用黑布条或白布条打着绑腿，虽然头发脱落得稀疏了，但仍把那一撮头发梳成细细的辫子垂在脑后，完全是一个清朝遗老的打扮。外爷一有工夫，就用手反反复复地将着那个白黄相间的山羊胡须，走起路来，这三寸长的白胡须总在胸前飘来飘去。"外爷的奕奕风采，高大形象，呼之欲出。

一辈辈人远去了，留下的背影也渐渐淡了，可是老一辈人的坚韧、乐观豁达和自信豪迈的精神永远闪耀着光芒，永远感召着后世儿孙。

故乡滋养了他们，也束缚了他们。偏僻和落后，限制了经济的发展，姚前滩是一个精神的高地，也是一个较为封闭的僻壤。然而家乡给予了青年人以精神能量和不断成长的沃土。赵汉山以他理智的笔墨写出了青年一代奋斗的力量，青春的活力在这里得到充分展现。

起初他还小，到外婆家，主要是玩耍。玩耍也是因陋就简，在姚前滩："凉圈的围墙是我和表弟们玩耍的好去处，要么捉迷藏，要么在墙头上走来走去表演速度和平衡，因为墙矮一点，掉下去也没有多大危险。"还有《梦中的羊群》里，他与表兄弟们一起牧羊的场景，冬季牧羊，为了取暖，他们玩一种"打梭"的游戏。夏天则灌黄鼠、摘奶瓜瓜、抓子儿、甩响鞭，写出来如此具体而生动，乐趣来自于玩的心境，而不是精巧的玩具。农家孩子多历练，他和表兄弟们更多的是帮着长辈们劳动，在洋溢着青春和力量的劳动生产中他们完成了精神的蜕变，汲取了能量和生命力量，与表兄弟们在共同劳动中建立起了深厚纯正的情谊。

赵汉山的散文中不光有温情，还有批判。他对封建糟粕的痛恨，对旧社会残害妇女的行为表达出锥心的痛楚，令读者难忘："外婆个头较母亲高，春暖花开了仍穿着大襟棉袄，小脚站不稳，总是不停地移动着步子。"外婆和母亲缠的小脚是封建时代留给妇女的屈辱，也是整个中国旧时代的屈辱，作者对封建恶习对妇女的残害的批判是丝毫不留情的。他用沾着泪水的笔墨描写了母亲为外婆洗脚的过程，他却从来不忍心看母亲自己洗脚的情景。这是我第一次看到文学作品对小脚进行的描述，真是触目惊心。母亲与外婆那种难分难舍之情更是令人心碎，那是一种出于女儿的自然悲情，是一种来自生命深处的悲苦。作者对母亲以及老一辈妇女所遭受的屈辱和痛苦表达出的深切同情，令人感动不已。赵汉山的文章中没有单纯地呈现旧时代留下的痛楚和屈辱，他毫不留情的批判，表达出的是对人类文明生活的肯定。

对家乡今天出现的"空心"现象，许多作家仅仅靠着儿时的回忆来写，热衷于写农民遭遇的种种苦难，或者田园风光不再的忧思、困惑与哀叹。赵汉山摒弃了那种焦虑式的无病呻吟，他能与时俱进，对国家实施的农村政策看好。农村实行了税制改革、退耕还林和精准扶贫、脱贫攻坚等好政策之后，生态变得良好，他做了具体描述和由衷赞美，他的深厚思想感情和鲜明立场难能可贵，值得肯定。

他在描述生态文明建设时，花了很多笔墨："林建二师从一九六六年开始，在环县西南部和镇原县的西北部连片栽植了几百平方千米的杏树林，现在这些杏林已初具规模，从杨掌开始，经过杨上掌，杨崾岘，一直到朱吊渠，一望无际，漫山遍野的杏树，杏花在这春风荡漾的季节里竞相开放，抬眼望去，高高低低的山洼里一片粉白。杏树林下面和路边上，翠绿的冰草铺天盖地，这时到处都能看到农人们在田里耕种的身影，露珠挂在草尖尖上，在阳光的照射下一闪一闪的。"这一大段叙写，充分而真实地说明家乡环县在水土保持方面取得了可喜成绩，践行着"绿水青山就是金山银山"的理念。家乡不会因为我们远离了她而变得让人悲怆，家乡的一草一木都是爱与思念的化身，家乡的亲人们凭着执着坚韧的性格在追求梦想中脱贫，这样的内容在他的文章中有立体化、全方位的呈现。比如交通的发展，小时候去姚前滩，与母亲骑着毛驴，翻山过涧，走上大半天。而今开着车，一路畅行。家乡亲人再也不为吃穿发愁，上学、就医和住房，都有了极大的保障。这些内容在他的多篇散文里都有反映。读他的散文，能切实感受到一种美学价值、思想价值和精神力量。

回望和书写家乡，丰富了我们的人生内涵，也带给我们很多惊喜！借用《梦中的姚前滩》中一段话来结尾："母亲长时间凝神瞭望的深意，老人家一定是在想着她的童年，想着她那已经远去的艰苦和辛酸。"作者对母亲的体谅，也是自己对生活的顿悟，是发自内心的对故土的深情凝望！

散文的方向在这里

——读汉山先生《母亲与门前那一溜溜山》有感

□ 张海明

读了汉山先生的散文《母亲与门前那一溜溜山》，就知道散文怎么写，该写什么，就懂得了散文的方向、方位，懂得了我们的追寻和梦想。就知道怎么讲述中国故事、陇原故事、庆阳故事、环县故事、车道故事、赵掌故事。就知道越是庆阳、越是环县、越是车道、越是赵掌的故事，就越是中国的故事。就知道歌颂赵掌就是歌颂车道、歌颂环县、歌颂庆阳、歌颂甘肃、歌颂中国。就知道歌颂自己的母亲，就是歌颂天下的母亲。就知道那一溜溜山就是我们的家园、我们的大地、我们的江山、我们祖国的元素。就知道散文表达把国家历史、革命史、改革史、党史以及母爱、家乡和赤子情怀艺术地、自然地、朴实地融合起来，就是尽到了艺术为人民、爱人民的责任，就是人民喜欢什么艺术、需要什么艺术的具体践行。

汉山所讲述的，是多维度下的中国乡村、中国历史、中国精神、中国追寻。

他所讲述的，是多旋律、多韵味、多层次的现实，人们的无奈、困惑、苦厄，人们的坚守、勤劳、奋斗，人们的爱情、繁衍、生存和发展，在不经意间给我们许多的感动、思考、回忆、反思、追求。先辈的砥砺、劳作、奉献给了我们无限的启迪、无限的财富，我们含泪承接的时候，更加沉重、自觉、醒悟，更加坚定、自信、向往。

他所讲述的手法，是把厚重的苦难史、丰富的心灵史、繁复的人类史，用极简洁、深沉、自然的方式，告诉我们，让我们一点一滴地感受和回味，从而，使语言的含金量更高更纯，我们不由得深度铭记和思考。

这种写作和表达，也许就是一个方向，一种风格，我们从中感到了自然流畅、意蕴厚重、回思不尽，不知不觉中，我们有了认同感，也就解决了散文写作的盲区和困惑。

我们就懂得，我们要写属于自己心灵和家园的东西，那些古老的、清香的往事和阅历，那些积淀的人文和情怀。

我们就更加注重大山、黄土地，更加热爱和牵念故乡、亲人，尤其是父亲母亲、儿女子孙，我们的目光和情愫，久久地在那里定格和留恋……

二〇二一年一月七日于兰州安宁瑞南紫郡